LEGADO DE LÁGRIMAS

LYNNE GRAHAM

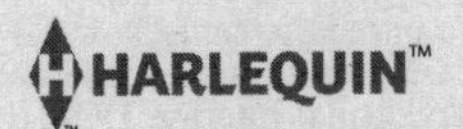

Editado por Harlequin Ibérica.
Una división de HarperCollins Ibérica, S.A.
Núñez de Balboa, 56
28001 Madrid

Legado de lágrimas, n.º 2610 - 21.3.18
Título original: Claimed for the Leonelli Legacy
Publicada originalmente por Mills & Boon®, Ltd., Londres.

I.S.B.N.: 978-84-9170-594-9
Depósito legal: M-909-2018
Impresión en CPI (Barcelona)
Fecha impresion para Argentina: 17.9.18
Distribuidor exclusivo para España: LOGISTA
Distribuidor para México: Distibuidora Intermex, S.A. de C.V.
Distribuidores para Argentina: Interior, DGP, S.A. Alvarado 2118.
Cap. Fed./Buenos Aires y Gran Buenos Aires, VACCARO HNOS.

Capítulo 1

ES UN favor enorme y no tengo ningún derecho a pedírtelo –admitió Andrew Grayson muy a su pesar, acercando la silla de ruedas al fuego, con el rostro tenso, cansado y pálido.

Max Leonelli, financiero multimillonario de veintiocho años, que conocía a Andrew desde que había entrado por primera vez en su casa con doce años, frunció el ceño.

–Lo que sea –respondió sin dudarlo ni un instante.

Andrew lo miró en silencio, con orgullo. Era demasiado tarde para admitir que debía haberse casado con la tía de Max y haber adoptado al chico. El sobrino de su ama de llaves había llegado a su casa en la adolescencia, sin hogar, traumatizado, asustado, receloso. En aquellos momentos no quedaba ni rastro de aquello en el hombre de negocios poderoso y sofisticado en el que Max se había convertido.

Todas las mujeres estaban locas por aquel hombre de piel aceitunada, espectacular estructura ósea y mirada retadora. Max era un tipo muy duro debido a sus humildes comienzos y a una niñez terrible, pero también era muy leal. Y desde que Andrew había tenido que apartarse de su imperio y del estrés que este le causaba por motivos de salud, Max había estado al mando de todo.

–Lo que te tengo que pedir no te va a gustar –le advirtió.

Max se sintió confundido, estaba acostumbrado a que Andrew fuese muy directo.

–De acuerdo...

Andrew tomó aire.

–Quiero que te cases con mi nieta.

Los ojos oscuros de Max lo miraron con incredulidad.

–Tu nieta vive en un convento, en Brasil.

–Sí, y quiero que te cases con ella. Es la única manera que tengo de protegerla cuando yo ya no esté aquí –declaró Andrew con convicción–. Tenía que haberme enfrentado a su padre cuando él no le permitió que viniera a verme, pero hasta el año pasado tenía la esperanza de que Paul entrase en razón. Al fin y al cabo, era su hija, no la mía. Y tenía derecho a decidir cómo quería educarla.

Max espiró lentamente. ¿Cómo se iba a casar con una chica a la que no conocía? Además, una chica que estaba en un convento y que no había pisado el Reino Unido desde que había nacido. Lo que Andrew le estaba pidiendo era muy extraño, pero en realidad era el único sacrificio real que le había pedido que hiciese jamás, y sería el último, porque Andrew se estaba muriendo. A Max le ardieron los ojos al pensar aquello, pero se contuvo por respeto a la dignidad del anciano.

–Tia es lo único que me queda, mi único pariente vivo –le recordó Andrew apartando el rostro un instante para que Max no viese en él el dolor de haber perdido a sus dos hijos.

Habían pasado tres años desde que el mayor, Steven, había fallecido sin descendencia, pero solo tres meses desde que Andrew había recibido la noticia de que Paul, su segundo hijo, había sufrido un infarto en África, donde lo habían enterrado sin alardes, y sin que a Andrew le hubiese dado tiempo a hacer las paces con él. Tia era la hija de Paul, nacida de la breve relación que este había mantenido con una modelo brasileña.

–Tia tenía que haber formado parte de nuestras vidas desde hace mucho tiempo –murmuró Andrew.

–Sí –respondió Max.

En realidad, sabía muy poco de Paul, el padre de Tia. Max era una generación más joven que los hijos de Andrew y solo había conocido a Steven. Steven había trabajado para su padre durante años, había sido un trabajador lento, pero concienzudo, carente de iniciativa. Al parecer, Paul había sido mucho más inteligente, pero había dejado su trabajo con poco más de treinta años para marcharse a las misiones, dejando atrás a su padre, al mundo de los negocios e incluso a su esposa. Al llegar a Brasil, su mujer había abandonado a Paul y a la hija de ambos y se había marchado con otro hombre. Paul pronto había dejado a la niña con las monjas mientras él continuaba viajando y trabajando en poblaciones desfavorecidas de todas partes del mundo.

–¿Por qué quieres que me case con ella? –preguntó Max en tono amable.

Andrew gimió.

–Piénsalo. No sabe nada de nuestro mundo y es

mi heredera. Sería como lanzar a un bebé recién nacido a una piscina llena de tiburones. Va a necesitar que alguien la cuide y la guíe hasta que encuentre su camino.

–No es una niña, Andrew –comentó Max–. ¿Cuántos años tiene? ¿Veintiuno?

–Casi veintidós, pero va a necesitar que alguien le enseñe cómo es este mundo.

–Tal vez haya crecido en la cuenca del Amazonas, pero es posible que esté más espabilada de lo que piensas –argumentó Max.

–Lo dudo mucho, y dado que miles de empleados van a depender de la estabilidad de mis empresas, no puedo correr ese riesgo. Tengo el deber de cuidar de ellos también. Tia será el blanco de los cazafortunas. He estado en contacto con la madre superiora del convento y, al parecer, Tia no tiene interés en ser monja.

–¿Y entonces por qué sigue viviendo en un convento con más de veinte años?

–Tengo entendido que ahora trabaja en él. No la juzgues, Max, no conoce otra cosa. Paul era un hombre muy rígido y machista. Quería un hijo. Para él una hija no era más que otra preocupación, una decepción. Estaba obsesionado con la idea de mantenerla pura y a salvo de las malas influencias, y tenía la esperanza de que ingresase en el noviciado.

–Pero eso no ha ocurrido.

Max se pasó la mano por el pelo moreno y fue a servirse un whisky. Comprendía la postura de Andrew.

Como heredera de Grayson, Tia sería un objetivo y Max sabía lo que eso significaba porque él también llevaba siéndolo desde que había conseguido su primer millón. Sabía lo que era que te quisieran por tu dinero. Cuanto más rico se hacía, más perseguido se sentía por mujeres a las que les hubiese dado igual que hubiera sido viejo y feo.

–Y yo me alegro de que no haya querido ser monja porque, si no, todo por lo que he trabajado durante mi vida iría a parar al convento –añadió Andrew–. Y no les puedo hacer eso a mis empleados. Además, quiero conocerla...

–Por supuesto, pero para eso no necesitas que nos casemos.

–Solías ser más rápido –murmuró Andrew, frunciendo el ceño–. Quiero dejároslo todo a Tia y a ti, a los dos.

–¿A los dos? –repitió Max sorprendido.

–Como pareja. Si te casas con Tia pasarás a ser parte de la familia y mi imperio será tuyo. Yo sé que, ocurra lo que ocurra entre vosotros, tú seguirás mirando por los intereses de Tia después de mi muerte. Confío en ti –terminó Andrew con satisfacción–. Así están las cosas, Max. Este acuerdo también te beneficiaría mucho a ti.

Max lo miró con sorpresa, jamás se había imaginado que podría heredar nada de Andrew.

–No puedes estar hablando en serio.

–Completamente en serio –le aseguró Andrew–. Ya tengo redactado el testamento.

–¿Quieres sobornarme para que me case con tu nieta?

–No es un soborno. Yo prefiero llamarlo un incentivo realista. Al fin y al cabo, casarte será un gran sacrificio para ti. Sé que no tenías pensado casarte ni sentar la cabeza a corto plazo. Y no tengo ni idea de cómo será Tia, después de tanto tiempo en ese convento. Lo que es evidente es que no va a ser como las mujeres con las que estás acostumbrado a salir.

Max clavó la vista en su copa, no quiso comentar que él no solía salir con mujeres, solo se las llevaba a la cama. No regalaba flores ni daba explicaciones, para que no hubiese malentendidos. Su actitud era muy sencilla, le gustaba el sexo, pero no necesitaba ni quería comprometerse con nadie.

–Por otra parte, entiendo que este sería un primer matrimonio para ambos. Es posible que no os llevéis bien y que uno de los dos quiera, antes o después, recuperar su libertad. Es comprensible. Yo sé que tú seguirás haciendo lo correcto con ella cuando os separéis. Así que no tienes mucho que perder, ¿no?

–Lo que tengo es mucho en lo que pensar. Veo que has considerado el tema desde todos los ángulos posibles –admitió Max.

–Y tú no has rechazado mi propuesta de entrada –añadió Andrew con satisfacción.

–Das por hecho que Tia va a querer casarse conmigo.

–Max, llevas enamorando a mujeres desde que tenías catorce años.

–Yo no hablo nunca de amor y no estoy preparado para mentir a Tia. Lo único que puedo prometerte es que lo pensaré.

–No hay mucho tiempo –le recordó Andrew–. Ya le he contado a la madre superiora que estoy enfermo y que vas a ir tú a recoger a Tia.

–Entendido –dijo Max suspirando, notando que le

empezaba a doler la cabeza y que iba a tener otra migraña.

–Tia podría ser el amor de tu vida –puntualizó Andrew–. No seas tan pesimista.

Max avisó a la enfermera de Andrew de que iba a dejarlo solo y subió las escaleras de la enorme casa. «El amor de mi vida», pensó con incredulidad. Solo Andrew, que había tenido un largo y feliz matrimonio con una esposa que había fallecido mucho antes de que Max llegase allí, podía hablar con tanta seguridad del amor.

Era un concepto desconocido para Max. Sus padres no lo habían querido y tía Carina, que había sido el ama de llaves de Andrew, le había dado un hogar cuando lo había necesitado, pero nada más. No había sido una mujer sentimental ni maternal y, teniendo en cuenta su sórdida niñez, Max no la culpaba por ello. Él prefería no pensar en el pasado y jamás hablaba de él, pero entendía lo difícil que debía de haber sido para la hermana de su madre sentir cariño por él. Al fin y al cabo, nada podía cambiar la realidad de que fuese el hijo de su padre.

Además, Max se había enamorado en la adolescencia y había sido un desastre.

Así que, no, Max no estaba buscando el amor de su vida. No obstante, siempre había sabido que era posible que se enamorase sin quererlo, aunque aquello tampoco había ocurrido. Su corazón no tenía dueña e incluso le avergonzaba admitir que todas las mujeres que habían pasado por su vida eran intercambiables. Todas se parecían mucho, eran morenas, seguras de sí mismas, y le daban sexo a cambio de joyas.

No obstante, una esposa era algo muy diferente y solo de pensarlo le entraron sudores fríos. Una esposa estaría allí todo el tiempo, sobre todo, si era una mujer frágil y dependiente.

Así que tenía que decir que no.

Por desgracia, Max se movía siempre por dos principios: el de la lealtad y el de la ambición. Y Andrew le había hecho una oferta muy bien calculada. Andrew había sido lo más parecido a un padre que Max había tenido en su vida. Todo lo que había conseguido, se lo debía a él. ¿Cómo iba a negarse a ayudar al único pariente que le quedaba a Andrew?

Además, él había mencionado una palabra muy importante: «familia». Max se convertiría en su familia si se casaba con Tia. Y solo la palabra lo atraía misteriosamente y aumentaba su turbación. Max nunca había tenido una familia. Había querido pertenecer a un grupo, pero jamás lo había conseguido y se había sentido muy aislado. Por ese motivo, la idea de formar parte de la familia de Andrew era para él mucho más importante de lo que el anciano se podía imaginar.

La lluvia era torrencial, Max no había visto llover así en toda su vida y la carretera que llevaba de Belém al convento de Santa Josepha era un peligroso camino de barro.

Lo único que veía a ambos lados de la carretera eran edificios destartalados, chabolas e incluso tiendas de campaña que le hicieron pensar en un campo de refugiados. Mientras tanto, su conductor no dejaba de hablar en voz muy alta, explicándole posiblemente el motivo por el que tantas personas vivían en aquellas condiciones, aunque Max solo entendía una palabra de cada diez porque, aunque hablaba varios idiomas, el portugués no era uno de ellos.

Vio delante un edificio muy grande, coronado por una campana, y se puso recto.

–¡Ya hemos llegado! –anunció el conductor, deteniéndose ante una verja y gritando por la ventanilla hasta que apareció un señor mayor que se movía muy despacio bajo la lluvia.

Max contuvo un suspiro, se había enfrentado al viaje con cautela, pero tenía que admitir que no estaba nada aburrido. Además, tenía la esperanza de que en el alojamiento que le había ofrecido la madre superiora le estuviesen esperando una ducha caliente y una buena comida. Y, sobre todo, estaba impaciente por conocer a Constancia Grayson y descubrir así si el último deseo de Andrew era viable.

Ajena a la llegada de Max, Tia se había envuelto en un poncho impermeable para alimentar al afligido perrito que la esperaba pacientemente bajo los matorrales, cerca de las puertas de la capilla.

–Teddy –le susurró ella, agachándose a acariciarlo mientras el animal devoraba la comida.

Los animales estaban prohibidos en el convento. Cuando había seres humanos que pasaban hambre, dar comida a un animal era inaceptable. Tia se disculpó diciéndose que daba de su propia comida, que no se la quitaba a nadie, pero la existencia de Teddy y su relación de cariño con él le pesaban mucho en la conciencia. Había hecho por Teddy cosas que la avergonzaban, como sobornar a Bento, el viejo guardián, para que no cerrase el agujero que había en la verja y que Teddy utilizaba para entrar y salir. También había mentido cuando alguien había visto a Teddy en el área de juegos y le habían preguntado, y mentía cada vez que apartaba comida de su plato para alimentarlo.

Pero Tia adoraba a Teddy. Era el único ser vivo que había sentido como suyo y solo con ver su carita tricolor se sentía alegre y con ganas de sonreír. Lo que no sabía era qué iba a ocurrir con Teddy cuando ella viajase a Inglaterra, si finalmente se marchaba. Después de más de veinte años en el convento de Santa Josepha, jamás se le había ocurrido pensar que tendría la oportunidad de vivir otra vida, en un lugar diferente. Le parecía un sueño.

¿Por qué iba a decidir de repente su abuelo inglés que quería verla, después de tantos años ignorándola? El representante de Andrew Grayson todavía no había llegado. Según la madre Sancha, debía de ser por el mal tiempo, pero ella no estaba convencida. Al fin y al cabo, Tia estaba acostumbrada a las promesas rotas y a los sueños que no se hacían realidad. ¿Cuántas veces había ido a verla su padre y le había sugerido que podría salir del convento para ir a trabajar con él? Pero eso no había ocurrido. Dos años antes había ido a visitarla por última vez para anunciarle que debía ser independiente, que no podía seguir contribuyendo a su cuidado. Una vez más, su padre la había animado a hacerse monja, y, cuando ella le había preguntado por qué no podía vivir con él, este le había respondido que una joven atractiva como ella solo podría entorpecer su trabajo, que su seguridad sería una fuente de preocupación.

Tras la muerte de su padre no había quedado dinero que heredar. Paul Grayson solo le había dejado una Biblia, los ahorros habían sido para la misión en la que había estado trabajando.

A Tia no le había sorprendido lo más mínimo. Siempre había sido evidente que su padre no la quería ni se interesaba por ella. De hecho, nadie sabía mejor que ella lo que era sentirse rechazado y abandonado. Su madre lo había hecho primero y después había sido su padre, al dejarla en el convento. Además, este se había negado a pagarle los estudios para que pudiese ser independiente, tanto de él como del convento. Así que ¿cómo iba a abandonar a Teddy?

Teddy dependía de ella. Se le encogió el corazón al imaginarse al animal yendo a buscar comida después de que ella se hubiese marchado de allí. ¿Cómo podía haber sido tan egoísta? ¿En qué había estado pensando? ¿Qué posibilidades había de que otra persona continuase alimentándolo?

Volvió apresuradamente a su habitación en el convento, se quitó el poncho y lo colgó. Tenía el pelo húmedo, se deshizo las trenzas y se peinó la larga melena rubia para que se le secase. No tenía nada más que hacer que irse a la cama y escuchar un poco la radio que una de las chicas de la escuela del convento le había regalado. En ocasiones encontraba revistas y libros cuando limpiaba las aulas y eso la ayudaba a continuar en contacto con el mundo exterior. Aunque le pagaban por su trabajo, no había mucho que comprar, así que durante un tiempo había ahorrado, pero después había visto que muchas mujeres tenían dificultades para dar de comer a sus hijos. Tia era muy sensible y no se avergonzaba de ello, pensaba saber qué mujeres eran buenas madres y utilizaban su dinero para comprar comida, no alcohol ni drogas.

Llamaron a la puerta, era una de las hermanas, que había ido a decirle que la madre Sancha la estaba esperando en su despacho.

–Ha llegado tu visita –le informó la hermana Mariana sonriendo.

Tia se alisó el pelo, pero no le dio tiempo a volver a trenzárselo. Intentó estirar un poco su ropa arrugada, respiró hondo y fue escaleras abajo, al edificio principal del convento. La persona a la que había enviado su abuelo había llegado y aquello la sorprendió. ¿Significaba eso que era cierto que se iba a marchar a Inglaterra, con el abuelo al que no había visto desde que era un bebé?

–Tia es una buena chica, cariñosa y generosa, muy callada –le contó la madre superiora a Max–. No obstante, también puede ser testaruda, volátil en sus emociones y rebelde. Tendrá que vigilarla. Romperá las reglas con las que no esté de acuerdo. En estos momentos está alimentando a un perro al que ha adoptado, cosa que no está permitida, y no sabe que yo estoy al corriente.

–No es una niña –respondió Max.

–No, no lo es, pero a pesar de que desea ser independiente, yo no estoy tan segura de que esté preparada.

–Lo tendré en cuenta –respondió Max, aliviado al oír que Tia era imperfecta y que deseaba ser independiente.

Andrew le había dado la imagen de una joven piadosa y de elevados ideales, que nunca obraba mal, y la opinión de la monja, más que decepcionarlo, lo tranquilizó.

Entonces se abrió la puerta y Max se quedó con la mente en blanco al ver a una joven de extraordinaria belleza entrar murmurando disculpas. Una melena de color miel enmarcaba su rostro con forma de corazón. Tenía los pómulos marcados, los ojos azules y una boca perfecta. Su cutis era muy fino. Max respiró hondo, desconcertado, sin palabras, algo poco habitual en él.

Tia entró en la habitación y se quedó literalmente sin respiración al ver a Max. Tenía una belleza renacentista y su rostro parecía tallado en bronce. La nariz era recta, masculina, la boca sensual, los ojos oscuros como el chocolate, las pestañas negras. Era muy guapo. De repente, Tia pensó en sí misma, en que no estaba maquillada ni bien vestida. Se alisó la falda, nerviosa.

–Tia, este es Maximiliano Leonelli. Lo ha enviado tu abuelo –anunció la madre Sancha.

–Puedes llamarme Max –dijo él, poniéndose en pie y tendiéndole la mano.

–Tia –murmuró ella en tono casi inaudible, casi sin tocarlo.

Le sorprendió su altura. Tenía que medir por lo menos un metro ochenta, mientras que ella superaba el metro cincuenta por muy poco. Estaba acostumbrada a hombres de menor estatura, más edad, rechonchos y poco limpios. En comparación, Max era delgado y fibroso, alto, e iba vestido con un bonito traje gris.

Tia tenía los ojos de su abuelo, pensó Max mientras intentaba descifrar qué llevaba puesto y cómo sería su cuerpo bajo aquellos ropajes. Era de baja estatura y parecía muy delgada. Calzaba unas alpargatas manchadas y a Max le sorprendió que tuviese un aspecto tan pobre, pero no supo a quién culpar. Si a Paul por no haberse ocupado de su hija, o a Andrew por no haber obligado a su hijo a anteponer las necesidades de su hija.

–Acompaña al señor Leonelli a su habitación y asegúrate de que recibe la comida que he encargado para él –sugirió la madre Sancha–. Te marcharás mañana, Tia.

Los ojos azules de la joven se abrieron como platos.

–¿Mañana?

–Sí –le confirmó Max.

Sonaron las campanas que llamaban al rezo y Tia se puso tensa.

–Esta noche estás excusada –le informó la madre Sancha–. El señor Leonelli no es católico practicante.

–Pero ¿qué va a ser de tu alma? –le preguntó Tia preocupada.

–Mi alma no necesita que vaya a misa –respondió él–. Tendrás que acostumbrarte a llevar una vida secular.

Tia vio por el rabillo del ojo que la madre superiora sacudía la cabeza y ella se sintió desconcertada al pensar en su abuelo, que, según le había contado su padre, tampoco iba nunca a misa.

–Me imagino que el rezo es una parte ineludible de la vida en un convento –comentó Max mientras avanzaban por el pasillo.

–Sí.

–Nadie te impedirá que asistas a misa en Inglaterra –le aseguró Max–. Allí podrás elegir libremente.

Tia asintió, la idea de poder elegir la dejó sin aliento.

–¿A qué te dedicas exactamente aquí? –le preguntó Max mientras subían las escaleras, fijándose en que la melena rubia le llegaba casi hasta la cintura, o donde debía de estar esta, porque la falda era tan aparatosa que resultaba difícil saberlo.

–Hago muchas cosas diferentes. Voy a donde se me necesita cada día. Cocino, limpio, trabajo en el orfanato con los niños, doy clases de inglés a las niñas. Y en ocasiones salgo a la comunidad a trabajar con las hermanas.

–La comunidad parece un campo de refugiados –comentó Max.

–Ha habido otra fiebre del oro –le explicó ella–. Alguien encontró una pequeña pepita y han venido buscadores de oro de todas partes. Desde entonces no se ha vuelto a encontrar nada, por supuesto, así que pronto empezarán a marcharse todos. Ahora mismo esto parece el Salvaje Oeste.

Max estudió su labio superior, que era perfecto, y el volumen del inferior, y la atracción sexual que sintió en aquel momento lo avergonzó por primera vez en su vida. Se puso en tensión. Luego se dijo que, al fin y al cabo, para casarse con ella tenía que desearla. No podía casarse con una mujer que no le resultase atractiva. ¿Por qué iba a intentar reprimir una reacción física que era completamente natural? La nieta de Andrew era muy bella, así que era normal que su cuerpo reaccionase ante ella.

Tia lo condujo a su habitación.

–En este piso solo estamos la hermana Mariana, tú y yo, así que es muy tranquilo.

Max arqueó una ceja.

–¿Son ruidosas las monjas?

Tia bajó la vista, pero antes de que lo hiciera Max vio que le brillaban los ojos, divertidos.

–Eso sería mucho decir...

Max se obligó a estudiar la habitación, que no era más que una celda con una cama de hierro situada bajo un enorme crucifijo de madera.

–El baño está enfrente. ¿Quieres cenar lo primero? –le preguntó Tia, preguntándose con cuánta frecuencia tendría que afeitarse, porque ya había empezado a aparecer en su rostro la sombra oscura de la barba.

Sentía mucha curiosidad por él. De hecho, le estaba costando un gran esfuerzo dejar de mirarlo.

–Sí... dame de comer –bromeó él, viendo que se ruborizaba–. Tengo hambre.

–Te acompañaré al refectorio.

–Y háblame del perro –añadió él–. Porque tengo entendido que hay un perro.

–¿Quién te lo ha dicho? –inquirió ella horrorizada–. Oh, Dios mío, la madre Sancha sabe lo de Teddy, ¿verdad?

–Yo diría que es una mujer a la que se le escapa muy poco y, evidentemente, sabe lo del perro. Si quieres que nos lo llevemos a Inglaterra tendré que hacer las gestiones necesarias.

–¿Puedo llevarme a Teddy? –preguntó ella, maravillada–. ¿De verdad?

–Por supuesto, pero supongo que tendrá que estar en cuarentena antes de que te lo lleves a casa –le advirtió Max, hipnotizado por la emoción que había inundado el rostro de Tia y sus preciosos ojos–. Tendré que averiguar cómo hacerlo.

–No me puedo creer que podamos llevárnoslo –admitió ella–. ¿No va a costar mucho dinero?

–Tu abuelo es un hombre muy rico y quiere que seas feliz en Inglaterra.

–Oh, gracias, gracias, gracias –respondió ella, abrazándolo con entusiasmo sin pensar en lo que estaba haciendo.

Max se quedó inmóvil por un instante porque no estaba acostumbrado a que lo abrazasen. De hecho, no recordaba que nadie lo hubiese abrazado jamás y eso le hizo sentirse incómodo. Levantó las manos lentamente y las apoyó en sus delgados hombros.

–No me des las gracias a mí, dáselas a Andrew cuando lo veas. Yo solo he venido en su nombre.

Radiante de felicidad, Tia llevó a Max hasta el refectorio, respondiendo a todas sus preguntas de buen grado, como si la desconfianza hubiese desaparecido por completo.

–¿Te gustan los perros? –le preguntó.

–Nunca he tenido perro, pero tengo entendido que tu abuelo sí que los tuvo de joven.

Su vocecita interior le dijo que no le echase todas las flores a Andrew si quería intentar impresionarla.

Por desgracia, Max no tenía ni idea de qué hacer para impresionar a una mujer porque nunca había tenido que hacerlo antes. Se dijo que unos pendientes de diamantes no servirían con Tia, pero, por suerte, había hecho sin pensarlo algo que se había ganado su confianza.

Tia se sintió abrumada al saber que Max iba a hacer todo lo posible para llevar a Teddy a Inglaterra y se dijo que debía de ser un hombre muy sensible y bueno.

En el refectorio, Max y Tia no estuvieron a solas por mucho tiempo. Varias monjas se acercaron a conocerlo y Max aguantó el asalto con admirable serenidad y educación. Casi nadie hablaba inglés, pero Max se esforzó en hablar en francés, alemán y español para facilitar el diálogo y Tia se sintió todavía más impresionada. La hermana Mariana consiguió sonsacarle que estaba soltero y que eso se debía a que todavía no había conocido a la mujer adecuada.

Después de muchos comentarios amables y de que Max declinase la invitación para ver un DVD del último mensaje del Papa en la sala común, Tia se sintió hechizada, convencida de que jamás conocería a un hombre tan seguro de sí mismo, refinado y sofisticado en toda su vida. Aunque tuviese que admitir que no tenía mucha experiencia al respecto. Max le sonrió y sus ojos la hipnotizaron, Tia sintió un cosquilleo en el estómago, estaba aturdida.

La hermana Mariana los acompañó de vuelta al piso en el que estaban los dormitorios y allí le enseñó a Max un pequeño salón mientras decía:

–Supongo que tendréis mucho de que hablar.

Y después desapareció.

–¿Le da miedo que te ataque o algo así si vamos a mi habitación? –preguntó él a Tia.

Ella palideció.

–No, solo pretendía ser amable. Sabe muy bien que yo jamás entraría en tu habitación.

–Lo siento, pensé que nos querían imponer normas, lo que me parece ridículo teniendo en cuenta que vamos a marcharnos de este lugar mañana.

–Este lugar es mi hogar –murmuró Tia en tono seco.

–Lo comprendo, pero... tengo que admitir que no es un sitio en el que me encuentre cómodo.

–Sí, eso lo entiendo. Solo espero que a mí no me ocurra lo mismo en casa de mi abuelo.

Max la vio retraerse de nuevo y le respondió:

–No cuando yo esté cerca.

–¿Vives con mi abuelo? –le preguntó ella, esperanzada.

–No, pero lo visito con frecuencia.

–Me alegra oírlo.

Su sinceridad lo abrumó, él estaba ocultándole mucha información. Apretó la mandíbula, la lluvia golpeaba los cristales y la tensión sexual que había entre ambos era tan fuerte que casi lo ponía nervioso. La miró a los ojos, tan azules que eran prácticamente translúcidos, y levantó la mano para apartarle un mechón de pelo de la mejilla.

Aquel gesto íntimo, el roce de sus dedos, hizo que Tia sintiese calor y que se le cortase la respiración. Pensó que el ruido de la tormenta era un reflejo de su agitación interior. De repente, le pesaban más los pechos y sentía un incómodo calor entre los muslos. Y, no obstante, deseó que Max la volviese a tocar. Desde que era adulta, solo estaba acostumbrada a que la tocasen los niños. Las monjas habían sido cariñosas con ella de niña, pero habían dejado de mostrar su afecto con el paso de los años, y ese afecto era lo que Tia más había echado de menos en los últimos años, aunque no se había dado cuenta de ello hasta que Max la había tocado.

Max se obligó a bajar la mano y respiró hondo. Estaba muy excitado, y frustrado, pero la inocencia de Tia lo abrumó y calmó su deseo.

–Debo hablar con Andrew. Estará esperando mi llamada –le explicó con un fuerte acento italiano, cosa que no le ocurría desde hacía muchos años.

Tia asintió.

–Yo buscaré a Teddy antes del desayuno, para que después no se marche por ahí y pierda la oportunidad de viajar –bromeó, dándose la vuelta y saliendo de la habitación sin más.

Él había deseado agarrarla y besarla, pero Tia no se había dado cuenta.

Todavía respirando como un hombre que acabase de escalar una montaña para descubrir que tenía delante otro pico más alto, Max fue a darse una ducha. Fue la ducha más fría que se había dado jamás, pero él, que se había acostumbrado al lujo y a las comodidades, ni lo notó. Estaba demasiado preocupado con sus propios pensamientos.

Capítulo 2

AMANECIÓ, pero Max ya se había levantado después de haber dormido muy mal en aquella cama que crujía cada vez que se movía y con el colchón lleno de bultos.

Se había levantado temprano, con ganas de tomarse su habitual café solo, del que tuvo que prescindir. Había llamado inmediatamente a su secretaria para que organizase el traslado del perro y algún otro tema.

–Llévatela a Río y cómprale todo lo que quiera –le había recomendado Andrew efusivamente la noche anterior–. No conozco a ninguna mujer a la que no le guste comprar ropa.

Max había apretado los dientes. Andrew no habría hablado tan alegremente de haber visto cómo iba vestida su nieta. No obstante, el padre de Tia sí que debía de haberla visto así y no le había importado. Le maravilló que un hombre pudiese ser tan hipócrita como para intentar ayudar a otras personas y no preocuparse por su propia hija. No obstante, se dijo que aquello había terminado. La nueva vida de Tia acababa de empezar, en un par de meses, Tia no querría ni oír hablar de su paso por aquel lugar.

Max lamentó que Tia fuese a cambiar radicalmente y perder su inocencia y sinceridad. Todavía no tenía armas de mujer, no había aprendido a jugar ni a coquetear.

Y eso debía de ser lo que lo había aturdido la noche anterior, se dijo, aliviado. No sabía cómo comportarse con una mujer tan distinta a todas las que había conocido hasta entonces. ¿Cómo se iba a acostar con ella? Su experiencia estaba basada en relaciones puramente sexuales, en las que no había ni un antes ni un después, y muy poca conversación.

Había intentado informar a Andrew de que su plan no iba a funcionar porque Tia era demasiado buena para él y que no tenían nada en común. No le gustaban las vírgenes. Tenía pocos reparos, pero después de haberse despertado varias veces a lo largo de la noche, había tenido que reconocer que seducir a una virgen nunca había estado en su lista de cosas que hacer antes de morir.

Existía, no obstante, la posibilidad de que Tia no fuese tan inocente como parecía, pero era una posibilidad remota.

Otros hombres la cortejarían y se acostarían con ella sin pensarlo, reconoció, sintiéndose enfadado solo de pensarlo. ¿Qué le ocurría? ¿Por qué lo desconcertaba tanto aquella situación? Normalmente era un hombre decidido. Tenía dos opciones: o se casaba con ella o daba un paso atrás y veía cómo otro bastardo al que solo le interesaba su herencia le rompía el corazón. No tenía elección.

Salió del dormitorio y, sorprendido, vio a Tia en el descansillo, con un perro en el regazo. El animal gruñó al verlo acercarse y lo hubiese atacado si ella no lo hubiese sujetado.

–Buenos días –lo saludó Tia con una sonrisa radiante que le iluminó todo el rostro–. No está adiestrado porque no podía tenerlo aquí, así que lo alimentaba en secreto... aunque al parecer no era un secreto.

Teddy empezó a ladrar y ella lo reprendió, pero el animal no obedeció.

–No es un perro demasiado agradable –comentó Max.

–Supongo que lo han maltratado. Solo confía en mí. Es muy triste –respondió Tia sin dejar de sonreír.

–¿Has hecho las maletas? –le preguntó Max.

–No tengo mucho que llevar –admitió ella–, pero una de las hermanas me dio anoche una bolsa de viaje y la he utilizado. Ya he bajado a despedirme de todo el mundo...

Se interrumpió, de repente tenía los ojos llenos de lágrimas, pero Max mantuvo las distancias porque no quería que le mordiese el perro.

–Es normal que estés triste –le dijo–. Ha sido tu hogar durante mucho tiempo.

La voz de Max la tranquilizó y ella se reprendió. Se sentía atraída por él, era normal, se trataba de un hombre joven, guapo y amable, pero se había convencido a sí misma de no hacer ninguna tontería.

No obstante, clavó la mirada en los ojos oscuros de Max y sintió que se le cerraba la garganta y volvía a tener un cosquilleo en el estómago. Notó que se ruborizaba y lo vio bajar la vista a sus labios. Tia nunca se había sentido tan perdida como en aquel momento. No tenía ni idea de cómo comportarse con un hombre.

A pesar de que era un hombre experimentado, el rubor de Tia lo excitó y, sin saber por qué, se sintió triunfante. Tia no era indiferente a él, sentía la atracción. Se dijo que le gustaría que le regalase flores, que era un detalle anticuado.

–Pasarán a recogernos dentro de una hora.

–La madre Sancha nos ha pedido que tomemos un café con ella antes de marcharnos, pero antes iré a por tu desayuno.

Max apretó los dientes al ver que Teddy lo fulminaba con la mirada. Había sido odio a primera vista, se dijo.

–Si pudieses tener algo especial, Tia, cualquier cosa, ¿qué sería? –le preguntó.

–Un teléfono móvil –respondió ella un tanto avergonzada.

–¿No tienes teléfono? –inquirió él con incredulidad.

–La madre Sancha los tiene prohibidos. No permite a las chicas que los traigan al colegio. Tengo que explicarte que, cuando yo vine a estudiar aquí, era un colegio normal, pero eso empezó a cambiar cuando el número de internas descendió. Las chicas que hay ahora no se quedan mucho tiempo. Sus padres las mandan aquí porque tienen problemas –admitió con reticencia–. Las hermanas tienen fama de saber enderezarlas.

Él hizo una mueca al oír aquella información.

–Sí, ya me imagino que llegar a este lugar, en medio de la nada, y que te priven del teléfono sería una buena lección para cualquier adolescente rebelde.

–Con las cuotas del colegio se pagan los gastos del orfanato y se financian los trabajos sociales de las hermanas –se justificó Tia.

–No pretendía burlarme del sistema. Era solo un comentario –le respondió él.

–Pues ha sonado sarcástico –replicó ella.

–Yo suelo ser sarcástico –admitió Max–. Tendrás que acostumbrarte a esas cosas. No todo el mundo habla y actúa con sinceridad.

A Tia le molestó que la tratase con condescendencia, como a una niña, cuando era una mujer adulta y muy orgullosa de serlo.

–¿Piensas que no lo sé? –inquirió airadamente.

–Pienso que vives en una institución en la que a nadie le gustan las diferencias y que es probable que tengas poca experiencia acerca de cómo es la vida fuera de este convento.

–Pues te equivocas. He visto cuáles son las consecuencias del alcoholismo y la drogadicción, de los malos tratos domésticos y la prostitución. Me quedan pocas desgracias por conocer –argumentó enfadada–. Tal vez pensases que ibas a encontrarme en lo alto de una colina, cantando entre las flores silvestres. ¡Por supuesto que sé lo que es el sarcasmo, Max!

A Max le sorprendió que pasase de cero a cien en tan solo unos segundos y que perdiese así los nervios.

–¿Significa eso que tienes que gritarme?

–Tengo un genio terrible. Cuando me enfado, se supone que debo ir a dar un paseo y hacer ejercicios de respiración, para que no ataque a nadie –admitió avergonzada Tia.

–Soy bastante duro. Puedo aguantar que me hablen mal.

–Lo siento –se disculpó ella, diciéndose que aquel era el hombre al que había enviado su abuelo para que la llevase a Inglaterra, el hombre que iba a permitir que se llevase a Teddy con ella.

Max la agarró del brazo para impedir que se marchara.

–No pasa nada –le aseguró–. Es un momento de grandes cambios en tu vida.

Tia contuvo las lágrimas.

–No tengo excusa, he sido terriblemente brusca.

–Eres temperamental y eso me gusta, *bella mia* –admitió Max con voz ronca, haciendo que Tia se estremeciese–. He sido condescendiente contigo y tenías derecho a rebelarte.

–Eres muy... comprensivo –murmuró Tia, mirándolo a los ojos.

Lo vio inclinarse y pensó que iba a besarla, y deseó que lo hiciera.

–Señor Leonelli, el desayuno está servido –anunció la hermana Mariana desde la otra punta del pasillo.

Max retrocedió y le soltó la muñeca antes de levantar la cabeza.

«Casi se te olvida que estás en un convento», se reprendió, intentando controlar su deseo y preguntándose cómo reaccionaría Tia si supiera cómo se sentía.

Tia se sintió aturdida durante todo el desayuno. Sabía toda la teoría que tenía que saber acerca del sexo y los detalles le resultaban desagradables, pero

Max había irrumpido en su vida la noche anterior y desde entonces había empezado a sentir curiosidad. Lo que más la sorprendía era el deseo que sentía cada vez que lo miraba, o cuando pensaba en él. Cuando Max estaba cerca ella tenía la sensación de no ser dueña de su cuerpo.

–¿Dónde vamos a tomar el avión? –preguntó Tia mientras se instalaban en el todoterreno.

A Teddy no le gustaba su jaula y había gimoteado cuando lo habían metido, pero su nueva dueña oficial no quería que mordiese a Max. El cachorro al que Tia había adorado estaba mostrando comportamientos nuevos al verse obligado a tratar con otras personas.

Ella todavía tenía los ojos húmedos después de la despedida de la madre Sancha y sentía que comenzaba una nueva aventura.

–Iremos a Río –le dijo Max, levantando la vista de la tablet que estaba utilizando–. Siento estar ocupado, pero tengo que responder a un correo electrónico de trabajo.

–¿Vamos a Río? Pensé que iríamos a Belém.

–Vamos a ir a Belém, pero antes vamos a parar en Río.

–Me encanta Belém. Es una ciudad grande y bulliciosa –comentó Tia, contándole el viaje en barco que todos los años hacían las hermanas por el río Guama para ir a la procesión del Cirio de Nazaret, el mayor acontecimiento religioso de todo Brasil.

Max pensó que hablaba mucho y que se iba a llevar una gran sorpresa cuando viese Río de Janeiro, que era mucho más grande que Belém. También se preguntó qué iba a hacer con ella en Río, porque tenía que trabajar.

–Si de verdad vamos a Río, tengo allí una amiga del colegio a la que me gustaría visitar. No he visto a Madalena desde que teníamos dieciocho años. Nos escribimos de vez en cuando.

–¿Es una de esas chicas rebeldes de las que me has hablado?

–Por supuesto que no. Madalena fue delegada de mi último curso –le respondió ella alegremente.

–Deberías pasar la tarde con ella –le sugirió Max.

–Sí, sería estupendo que me contase qué ha estado haciendo durante este tiempo.

Tia tendría poco que contar. Sin embargo, Madalena procedía de una familia acomodada y, al parecer, tenía una vida social bastante dinámica. En cualquier caso, le gustaría volver a verla porque era una chica divertida y Tia llevaba desde que había terminado el colegio sin ninguna diversión.

En el aeropuerto tomaron un jet privado con el logotipo de la empresa de su abuelo en la cola. A Tia le sorprendió que su abuelo tuviese un avión, no había pensado que fuese tan rico. Se sentó en uno de los sillones de cuero y le sirvieron un delicioso almuerzo. Max estuvo trabajando todo el tiempo y ella se preguntó si era lo normal o si lo hacía porque su presencia lo aburría, algo bastante probable. Sus vidas eran muy diferentes. No tenían nada en común, pensó con tristeza. Un hombre de negocios como Max Leonelli no podía encontrar ningún interés en una chica como ella, que había pasado toda su vida encerrada en un convento.

Deprimida por aquella idea, se quedó dormida mientras acariciaba a Teddy.

Mientras el avión aterrizaba en Río, Max pensó, satisfecho, que le había cundido la mañana de trabajo. Había conseguido olvidarse de sus acompañantes y del motivo por el que iban a Río. Sabía que tenía que haber aprovechado la oportunidad para conocer un poco mejor a Tia, pero ella había estado en silencio y no se había quejado en ningún momento por no recibir atención, a diferencia de lo que habrían hecho la mayoría de las mujeres que conocía. Estudió su bello rostro y sus labios le resultaron tentadores incluso estando dormida. Teddy abrió los ojos al sentir su proximidad y le enseñó los dientes.

–Acostúmbrate a mí –le murmuró Max en tono seco–. No voy a marcharme.

Se casaría con Tia. Aunque jamás hubiese pensado en casarse antes de que Andrew se lo hubiese propuesto, Tia era una mujer bella, buena y poco exigente. No podía haber una combinación mejor de virtudes. Además, llevaba consigo una cuantiosa herencia, aunque eso no le parecía tan importante, ya que ganaba por sí mismo el dinero más que suficiente para llevar una buena vida. No obstante, sí le gustaba el reto de dirigir Grayson Industries. El poder era, sin duda, un potente afrodisiaco.

Tia gritó entusiasmada al ver la enorme estatua del Cristo Redentor y Max se dio cuenta de que no iba a poder escaparse de una visita turística. Después se dijo que al menos alguien iba a disfrutar de la pequeña capilla privada que Andrew había hecho construir en la casa de campo con la esperanza de conseguir que su devoto hijo Paul volviese a Inglaterra.

Cuando la limusina los dejó en el hotel en el que iban a alojarse, Tia preguntó asombrada:

–¿Este es el hotel? Pero si es famoso.

–Sí –le respondió Max sonriendo–. He pensado que te gustaría.

Tia se sintió abrumada. Se limitó a sonreír porque no podía ni pensar con claridad. Se alisó su mejor falda, de algodón beige, y comentó:

–No estoy vestida a la altura.

–Pronto lo estarás –le contestó Max–. Van a venir a la suite a tomarte medidas y a enseñarte una selección de telas para que elijas.

–¿Es una broma? –susurró Tia sorprendida.

–No. Tu abuelo quiere que tengas todo lo que quieras.

–Pero si yo no he pedido ropa –dijo Tia, ruborizándose–. Aunque admito que la necesito.

–En ese caso, no le des importancia al tema. Andrew es un hombre muy generoso.

Dicho aquello, hizo un gesto al conductor para que abriese la puerta de Tia y ella salió a la calle y volvió a alisarse la falda con manos sudorosas. El interior del hotel era todavía más opulento que la fachada y todas las personas que había en él iban vestidas de manera elegante. Un empleado del hotel vestido de uniforme se llevó a Teddy a lo que debía de ser una guardería de perros de lujo y Tia se despidió de él a regañadientes.

Después de dejar al animal, Max apoyó una mano en su cintura y la condujo hasta los ascensores.

–No estés tan nerviosa –le susurró al oído–. Eres una Grayson y tu abuelo ha hecho que ese sea un apellido del que enorgullecerse. La ropa no es importante.

Tia pensó que era muy fácil para él decir aquello. Era un hombre sofisticado, que parecía recién salido de una revista de moda.

La magnífica suite le recordó a Tia a las habitaciones que había visto en alguna telenovela brasileña cuyos protagonistas vivían en el seno de una familia acomodada. Las vistas eran muy bonitas, a la ciudad y al mar. Todas las ventanas daban a un balcón y los muebles estaban tapizados en colores preciosos, aunque muy poco prácticos para su uso diario. Siguió al botones hasta un dormitorio impresionante, con un baño en el que resplandecían el mármol, los espejos y la grifería dorada. Rozó con la punta de los dedos una toalla blanca y después la colcha de seda que había sobre la cama.

–Tia –la llamó Max–. Tengo algo para ti.

Ella se acercó con cautela, abrumada por tanto lujo, y miró a Max, que le tendió la mano:

–Para ti, de mi parte –le dijo–. Está cargado y listo para utilizar.

Era un teléfono móvil con una funda vistosa que habría encantado a cualquier adolescente, pero a la que Tia no dio importancia. Por fin tenía lo que tanto había deseado. Madalena le había enviado muchas veces su número de teléfono, pero ella solo había podido seguir escribiéndole.

–Gracias, Max.

A Max le extrañó no recibir otro abrazo. Ya se había preparado para ello. No obstante, Tia sabía que tenía que ser más circunspecta cuando estaba cerca de él, que no podía comportarse como una colegiala enamorada.

Lo siguiente fueron las flores.

–¿Para mí? –susurró Tia.

–Por supuesto, para ti...

Tia no entendía por qué le regalaba flores Max, si estaban allí los dos y no tenía nada que agradecerle. Descartó de antemano una interpretación romántica del detalle. Durante el vuelo se había convencido a sí misma de que hacerse falsas ilusiones solo podría llevarla a una gran humillación.

Max recibió el mensaje de que no estaba siendo lo suficientemente obvio y entonces lamentó no haber prestado más atención a Tia en el avión. Estudió su rostro sonrosado mientras acariciaba un lirio y se imaginó aquella mano pequeña y áspera de tanto trabajar posándose en cierta parte de su cuerpo, lo que hizo que se encendiese en él una llama que amenazaba con hacerlo estallar. Max no entendía cómo era posible que Tia tuviese aquel efecto en él. De hecho, su falta de control cuando estaba cerca de Tia lo molestaba porque era algo que no le había ocurrido desde sus años de juventud.

–¿Te gustan las flores?

–Sí –susurró ella, distraída–. Me encantan las flores. Siempre he soñado con tener un jardín.

–Pensé que querías ser profesora –comentó Max,

ya que esa era la información que le había dado la madre Sancha.

–Estaba dispuesta a recibir la formación necesaria. En mi vida nunca he podido pensar en lo que quería, solo en lo que era posible –le explicó Tia–. En Belém hay una escuela de Magisterio y estudiar en ella me parecía factible, pero mi padre no quiso pagarla, así que no lo hice.

–La casa de campo de Andrew tiene unos jardines preciosos –le contó Max, viendo que ella se humedecía los labios con la punta de la lengua y sintiendo que se excitaba todavía más.

Los ojos oscuros de Max brillaban con intensidad y Tia no fue capaz de apartar la mirada de su bello rostro. Sin saber lo que hacía, dio un minúsculo paso hacia él, que la abrazó y la acercó a su musculoso cuerpo con una impaciencia que debía de haberla sorprendido, pero que le encantó.

Fue su primer beso y despertó tantas sensaciones en su cuerpo que se sintió aturdida. Notó un cosquilleo en las puntas de los pechos y calor entre los muslos, que apretó con fuerza. De repente, era demasiado consciente de una parte de su cuerpo en la que nunca antes había pensado.

Max pasó la lengua por su labio inferior antes de mordisqueárselo, entonces le metió la lengua en la boca y después la retiró. Llegados a ese punto a Tia se le hubiesen doblado las piernas si todo su cuerpo no hubiese estado apoyado en el de Max. Gimió y él apoyó una mano en su delgado hombro para sujetarla.

Max estaba haciendo un esfuerzo sobrehumano para no llevársela a su dormitorio cuando llamaron a la puerta. Se preguntó furioso en qué demonios estaba pensando y se apartó de ella, casi abrumado por su apasionada respuesta. Quería más, mucho más, y necesitó un par de segundos para tranquilizarse y poder ir a abrir la puerta.

Cuatro mujeres lo saludaron con amplias sonrisas y se identificaron como el equipo que iba a ocuparse de proporcionar a Tia un vestuario nuevo. Él la miró y se dio cuenta de que estaba acalorada, y le indicó que acompañase a las cuatro mujeres a su habitación.

«*Diavolo*», se maldijo en cuanto la puerta del dormitorio se hubo cerrado. Se había precipitado y era probable que la hubiese asustado, pero no estaba acostumbrado a ir despacio con las mujeres. No obstante, su actitud lo enfadó tanto que decidió ir a darse una ducha fría para tranquilizarse.

Aliviada de poder escapar después del beso con Max, Tia se distrajo con la toma de medidas y los catálogos de ropa. Solo había querido vaqueros y camisetas, y algún par de zapatos decentes, así que se volvió loca con tanta variedad, sintió pánico y decidió ir a ver a Max.

–¿Qué presupuesto tengo? Quiero decir... ¿cuánto puedo gastarme? –le preguntó, nerviosa.

–No hay presupuesto. Encarga lo que te guste... Bolsos, zapatos, de todo –le respondió él–. Lo vas a necesitar en Inglaterra y es mejor que llegues preparada.

Tia estudió su bello rostro con apreciación. No se imaginaba a ninguna otra joven tan afortunada como ella en aquellos momentos. Le sonrió. Podía comprar lo que quisiera y Max, el hombre de sus sueños, la había besado, lo que significaba que también se sentía atraído por ella, aunque Tia sospechaba que, en realidad, no había pretendido besarla.

¿Estaría Max luchando contra los mismos sentimientos que ella? Optimista ante la posibilidad, Tia volvió a marcharse a su habitación.

Capítulo 3

NO QUIERO –dijo Tia sin más mientras Afonso, uno de los amigos de Madalena, intentaba meterla en la habitación de la que acababa de salir otra pareja.

–Pensé que querías dejar de ser virgen –respondió él.

Era guapo y lo sabía, y era evidente que no estaba acostumbrado a que lo rechazasen.

–Maddie te ha gastado una broma –le respondió Tia.

–No, no era una broma –insistió Afonso, reacio a aceptar un no por respuesta, sin soltarla.

Se había bañado en colonia y a Tia le costó respirar estando tan cerca de él. Lo miró con desdén y odió la sensación de mareo que le había producido el alcohol que ya le había dicho a Madalena que no quería beber. No porque fuese una mojigata, como le había dicho Maddie, sino porque no quería arriesgarse a emborracharse en una fiesta llena de personas desconocidas en las que sabía que no podía confiar.

Lo cierto era que no se estaba divirtiendo nada. Supuso que la diversión dependía de la compañía y ella sabía que estaba en la compañía equivocada. La idea de perder la virginidad con un desconocido no la atraía lo más mínimo. No obstante, Maddie había decidido que era una idea genial y le había contado que, de todas maneras, la primera vez siempre era horrible para la mujer. Tia no había contestado porque se había sentido incómoda hablando de su ignorancia sexual en público.

La visita a Maddie no había salido como Tia había planeado. Cuando la había llamado aquella tarde, su amiga la había invitado a ir a su casa, y ella se había imaginado que pasarían la tarde las dos solas, charlando. Pero al llegar había descubierto que Maddie estaba con unos amigos, y esta le había insistido para que se cambiase de ropa y saliese con ellos. Así que Tia se había quitado los vaqueros y la camiseta, se había puesto unos pantalones cortos de satén y un top sin tirantes, ropa con la que desde el principio se había sentido incómoda, y había intentado encajar en la fiesta a la que habían ido.

Maddie, que salía con un guapo y joven hombre de negocios, había desaparecido de la fiesta casi nada más llegar, dejando a Tia con Afonso y sus amigos, que solo sabían contar chistes verdes, bastante infantiles. Antes de marcharse Maddie, Tia la había visto meterse un polvo blanco por la nariz, acto que había explicado su comportamiento, extrovertido y malhumorado.

–¿Dónde estamos exactamente? –volvió a preguntar Tia.

–Ya te he dicho que no conozco la dirección. La casa es de Domingos Paredes. Estamos en el Jardín Botánico. Es una zona residencial de lujo –le respondió Afonso, pasando una mano por su espalda desnuda–. Juega bien tus cartas y acabarás teniendo una casa así. Apuesto a que sueñas con ser madre y esposa. Es lo que buscan algunos chicos. Venga... no seas tan puritana.

–No soy puritana –respondió ella mientras Afonso la arrinconaba contra la pared–. Es que no me gustas.

–Si ni siquiera me has probado –protestó él, intentando besarla.

Ella apartó la cabeza.

–¡Déjame! –le gritó, enfadada–. ¡No tengo que hacerlo si no quiero!

Afonso retrocedió.

–Eres una tarada –le dijo–. ¡Tarada!

El joven volvió al salón en el que estaba la fiesta y Tia se quedó temblando y con los ojos llenos de lágrimas. Entonces avanzó como pudo entre la multitud y salió a la terraza, donde sacó su teléfono para llamar a Max, que le había grabado su número.

–Quiero volver al hotel –balbució.

–¿Dónde estás? –le preguntó Max–. ¿Ha ocurrido algo?

–Estoy en una fiesta y alguien me ha dicho que soy una tarada. Supongo que es la verdad –le respondió–. No sé la dirección, pero sé en qué barrio está y a quién pertenece. No puedo tomar un taxi porque no tengo dinero.

–Averiguaré dónde estás y pasaré a recogerte lo antes posible.

–Te esperaré fuera.

–No, quédate dentro, es más seguro –le sugirió Max–. Y tranquilízate.

Avergonzada por las lágrimas que le nublaban la vista, Tia se acercó a una de las chicas que esperaban para utilizar el baño y le preguntó la dirección exacta, que después transmitió a Max.

–¿Dónde demonios estabas? –le preguntó Maddie desde la otra punta del pasillo–. ¿Y qué le has hecho al pobre Afonso? Con lo mucho que le gustabas...

–Él no me gusta a mí.

–No importa. Vamos a irnos todos a una discoteca.

–Yo voy a volver al hotel, pero gracias por haberme invitado –respondió Tia en tono educado.

–La madre Sancha te adoctrinó bien, ¿eh? No tienes ni idea de cómo divertirte –le dijo Maddie, como si le diese pena–. Si te soy sincera, siempre pensé que te unirías a ellas.

–Nunca tuve vocación –admitió Tia, preguntándose cuánto tiempo iba a tardar Max en llegar–, pero admito que no sé divertirme como tú. Te devolveré la ropa mañana.

–No seas tonta. No me la voy a poner, después de que la hayas utilizado tú –le contestó Maddie como si la idea le diese asco–. La voy a tirar a la basura.

Tia se ruborizó y asintió, nunca se había sentido tan incómoda. En el convento, lo habían reutilizado y reciclado todo.

–Pasaré a recoger mis pantalones vaqueros –añadió–. Son los primeros que tengo.

–Supongo que eso lo dice todo –le contestó Maddie casi con tristeza mientras se alejaba de ella.

Tia pensó en Max y admitió que lo que había sentido entre sus brazos también le había dicho todo lo que necesitaba saber. Después de que él la besase, había sabido que no quería que la besase nadie más. Aunque tal vez para él no hubiese tenido la menor importancia. ¿Cómo podía saberlo?

A ella aquel beso le había proporcionado la mejor sensación de toda su vida y estaba deseando que volviese a ocurrir, pero ¿querría él? ¿Qué hacía una mujer para conseguir que un hombre se acercase a ella sin ser demasiado obvia? Por otra parte, sabía que se habría metido en una habitación con él sin dudarlo. ¿Qué decía aquello de ella? En el convento le habían inculcado que había que llegar virgen al matrimonio, pero también era muy consciente de que la mayoría de las personas experimentaban con el sexo antes de casarse.

Max iba en la parte trasera de una limusina, en dirección al Jardín Botánico, y se sentía fatal. Se suponía que tenía que cuidar de Tia, aunque jamás había cuidado de nadie y no sabía cómo hacerlo. En vez de acompañarla a casa de su amiga, la había dejado irse sola, sin tan siquiera preguntarle si tenía dinero. Había pensado que Madalena Pérez, como hija de un respetado diplomático, era una buena compañía, pero no se le había ocurrido pensar que Tia pudiese ir a algún otro lugar y él tenía que haberla acompañado. Había eludido su responsabilidad por quedarse trabajando.

¿Qué decía aquello de él?

Al fin y al cabo, a Andrew le importaba mucho más Tia que su imperio, y Max lo sabía. Y, como su futura esposa, él también debía prestarle una atención especial.

Max se sirvió una segunda copa aunque sabía que no debía hacerlo. Su padre había sido alcohólico y violento y Max, si bebía alcohol, solía tomarse solo una copa por miedo a haber heredado algún gen que pudiese hacerle caer en la misma adicción. Pensó que no podía decir nada bueno de ningún gen heredado, pero después recordó que la hermana de su madre, Carina, había sido una mujer normal, con un trabajo decente, que había sido respetada por todos los que la conocían.

A pesar de que no dejaban de ir y venir coches por el camino que llegaba a la gran mansión, Tia reconoció el de Max al instante y ya estaba de pie, esperándolo, cuando lo vio entrar por la puerta, mucho más alto y corpulento que los dos chicos que habían llegado delante de él. Entonces alguien abrió la puerta y al clavar los ojos en los suyos Tia sintió ganas de llorar y de lanzarse a sus brazos como si fuese una niña.

Max, por su parte, se quedó de piedra al ver a Tia con tan poca ropa. Ya se había fijado en sus curvas unas horas antes, al verla marcharse vestida con unos vaqueros, pero con pantalones cortos y sin sujetador, sintió el impulso de quitarse la chaqueta para taparla.

–Max... –dijo ella, corriendo hacia él.

La guio hasta la limusina intentando no fijarse en cómo se movían sus pechos mientras bajaba las escaleras de la casa ni mirar sus muslos desnudos, pero al fin y al cabo era un hombre y se excitó. Y entonces se sintió furioso, lo que, para su alivio, desvaneció su libido.

En cuanto el chófer hubo cerrado la puerta del coche, Max se giró hacia Tia y le advirtió:

–¡No vuelvas a salir vestida así nunca más!

Sorprendida por el brusco ataque, Tia respondió en el mismo tono:

–¿De qué me estás hablando?

–Pareces una stripper. Vas enseñando demasiado. ¿De dónde has sacado esa ropa? No puedo creerme que la estilista te haya dejado comprar esos pantalones.

–¿Qué es una stripper? –preguntó ella, todavía enfadada con él.

¿Quién se creía que era, para decirle cómo se tenía que vestir?

–No es la clase de mujer con la que quieres que te confundan.

–Me ha prestado esta ropa Madalena, pero yo no estaba cómoda con ella –admitió Tia muy a su pesar–. Sus amigas también iban vestidas así. Y la estilista no me ha elegido la ropa, la he elegido yo, así que probablemente es toda muy sosa, porque no he comprado nada para salir de fiesta, como esto.

–La gente... sobre todo los hombres, te juzgará por tu manera de vestir –le explicó él.

–Qué actitud tan retrógrada –replicó Tia sin dudarlo–. De todos modos, Maddie le ha contado a todo el mundo que soy virgen.

–¿Que se lo ha contado? Pero ¿a qué demonios estaba jugando tu amiga?

–Ha intentado convencerme de que perdiese la virginidad con un chico, pero como no he querido hacerlo, ese chico me ha dicho que soy una tarada.

–Esa chica no es tu amiga –sentenció Max–. Los amigos no intentan hacerte daño ni humillarte.

–De eso ya me he dado cuenta yo sola, Max. Sospecho incluso que me ha vestido así para reírse de mí. Ya no es la persona que yo recordaba del colegio.

Max agarró su mano, que estaba cerrada en un puño.

–No ha sido culpa tuya, sino mía. No tenía que haberte dejado salir sola. Ni siquiera te he preguntado si tenías dinero.

–No, Max...

Tia apartó la mano y la vista.

–No me trates como a una niña de la que tengas que cuidar. Tengo que aprender a cuidarme sola, y lo conseguiré. No voy a ser una tarada toda mi vida.

–No digas eso. Es solo que no estás acostumbrada al mundo moderno, pero ya te acostumbrarás. Tu padre no debía haberte dejado en el convento cuando terminaste el colegio.

–Lo más fácil para él era tenerme allí. Y mi madre, algo parecido –admitió Tia suspirando–. Los dos eran bastante egoístas. Mi padre estaba centrado en sus misiones y yo no tenía cabida allí. Y creo que a mi madre le importaba más el dinero y la posición social.

–¿Conoces a tu madre? Pensaba que no la conocías, dado que abandonó a tu padre cuando eras un bebé.

Tia apretó los labios y volvió a mirarlo, en aquel momento parecía mayor de lo que era.

–La curiosidad la hizo venir al convento. Vino cuando yo tenía trece años a explicarme por qué se había marchado.

–*Che diavolo...*! –exclamó Max sorprendido–. Supongo que te debía una buena explicación.

–Fue una explicación muy simple. Después de haber dejado al hombre con el que estaba por mi padre, conoció a otro hombre, un hombre muy rico, y se casaron. No le contó que había tenido un bebé, y tuvo más hijos con él, dos chicos y una chica, creo recordar.

–Tus hermanastros –comentó Max.

Tia se encogió de hombros.

–No conocen mi existencia y mi madre lo prefiere así porque le da miedo perder a su marido y su maravillosa vida en Río. Él era más importante que yo. Así que de sencillo.

Max respiró hondo y tragó saliva. Se dijo que Tia era más inteligente de lo que él había pensado y que eso la ayudaría a adaptarse antes a su nueva vida, como heredera de Andrew, y... ¿esposa suya?

La idea lo puso tenso, prefirió no darle muchas vueltas. Aunque se casase con ella, como Andrew quería, no lo harían hasta varios meses más tarde. No se iba a precipitar. Le gustaban las cosas bien hechas. Nunca actuaba por impulso y si había llegado a donde estaba había sido gracias a la disciplina. Se esperaba que Andrew sobreviviese al menos seis meses más, así que él podría aprovechar aquel tiempo para ir poco a poco con Tia mientras ella conocía a su abuelo.

La limusina se detuvo delante del hotel. Max salió primero y desconcertó a Tia quitándose la chaqueta para cubrirle los hombros.

–¿De verdad es necesario? –le preguntó ella, luchando por mantener el equilibrio con aquellos ridículos tacones.

–Sí... Si me excitas tanto a mí, que estoy haciendo un esfuerzo por mantenerme frío, otros hombres también te van a mirar, y doy por hecho que prefieres que eso no ocurra –murmuró Max–. Aunque, si te gusta ser el centro de atención, devuélveme la chaqueta. Tú decides.

Lo excitaba. A Tia le encantó oír aquella confesión y se aferró a su chaqueta, que le llegaba hasta las rodillas, disfrutó de la suavidad de la seda del forro y de su olor. Respiró hondo, como si fuese adicta a él. La atracción era mutua. Ya lo había sospechado después del beso, pero había necesitado oírlo.

Si Max la deseaba, ¿qué importaba todo lo demás? En aquellos momentos, nada. No había podido disfrutar de las experiencias normales de la adolescencia. Entonces era cuando tenía que haber dado su primer beso, cuando tenía que haberse enamorado y desenamorado, cuando tenía que haber aprendido las cosas que aprendían las jóvenes al crecer, pero a ella le habían negado aquello y en esos momentos, tras haber conocido a Max, estaba ansiosa por recuperar el tiempo perdido.

Tenía el corazón acelerado y mariposas en el estómago. Max la miró y volvió a apartar la vista.

–Será mejor que te vayas a la cama. Mañana tendrás que madrugar –le informó con brusquedad mientras abría la puerta de la suite y retrocedía para dejarla pasar primero.

–No soy una niña, Max –le recordó ella de nuevo.

Max apretó los dientes, consciente de ello. La razón le decía que debía guardar las distancias con Tia Grayson. El primer beso que se habían dado había sido dinamita, y él no jugaba con dinamita ni se dejaba llevar por el deseo con jóvenes vírgenes.

–Tengo veintidós años y tres meses –añadió ella, quitándose la chaqueta para dejarla en el brazo de un sillón.

La melena rubia rodeó su pequeño rostro y a Max le recordó a una estrella del cine que, para su madre, había sido un ideal femenino. Tenía los pómulos perfectos, los ojos azules muy brillantes, la nariz delicada y una boca sensual. Se sintió hipnotizado mientras la veía sentarse encima de su chaqueta y estirar las piernas. La vio echar la cabeza hacia atrás y arquear la espalda, levantando los pequeños pechos, y Max creyó que iba a perder el control.

–Tu abuelo espera que cuide de ti –le recordó en tono seco.

–Y estás haciendo un trabajo estupendo –respondió ella sonriendo.

–No, hoy no.

–Tonterías –insistió Tia, poniéndose en pie para acercarse a él–. Me has tranquilizado y has venido a recogerme. Contigo me siento segura...

Max suspiró.

–Pues no lo estás. No soy la persona adecuada para ejercer el papel de hermano mayor con una mujer tan bella...

Tia se quedó donde estaba y sonrió.

–No te quiero como hermano mayor, Max, y me alegro de que seas tan sincero conmigo, porque yo también quiero ser sincera... –empezó.

Max hizo un último esfuerzo por salvarla de él y de sí misma y la desconcertó tomándola en brazos para llevarla a su habitación, donde pretendía dejarla sana y salva, fuera de su alcance. No podía desearla más, pero la situación no era tan sencilla. No quería que Tia fuese sincera con él y él no podía ser sincero con ella. Andrew le había prohibido que le contase a su nieta que tenía una enfermedad terminal, quería ser él quien le diese la noticia. Andrew prefería que se le ocultase cualquier información relacionada con el imperio, la herencia, sus miedos y, por supuesto, su deseo de que se casase con Max. Por desgracia, eso hacía que el papel de Max fuese todavía más complicado.

Por un instante, Tia dio por hecho que Max la llevaba a su habitación con propósitos inmorales y le gustó la idea, pero cuando la dejó en la cama y retrocedió lo que le hizo pensar fue que la metía en la cama castigada, como a una niña que se hubiese comportado mal, y aquello la enfadó.

–¡Max! –le gritó.

Él retrocedió y se golpeó la cabeza con uno de los postes de la cama. Tia se sintió culpable.

Se incorporó en la cama y tomó su mano, preocupada.

–Ha sido culpa mía. ¿Estás bien? Te has dado un buen golpe.

–Sí... –admitió Max, aturdido.

Ella lo miró con abierta preocupación y eso lo volvió a excitar.

–Siéntate un momento. Te has puesto muy pálido –le dijo Tia.

–No necesito sentarme –respondió él, aferrándose al hilo de cordura que todavía le quedaba.

–Siéntate, por favor –insistió Tia, tirando de su mano para sentarlo a su lado en el colchón.

Se puso de rodillas y pasó los dedos suavemente por su pelo.

–Deberíamos ir al hospital.

–Solo ha sido un golpe, Tia –gimió él.

–De no haber sido por mis tonterías, esto no habría ocurrido.

Y lo que estaba a punto de ocurrir, tampoco, pensó Max, hipnotizado con su boca y dándose cuenta, demasiado tarde, de que aquella era la verdadera trampa, y no la cama. Eran sus labios los que lo atraían.

Tia sabía a zumo fresco de fresas. Max hundió una mano en su pelo y la besó apasionadamente.

Ella se estremeció al notar la lengua de Max en su boca. No le ocurría como a él, Tia no tenía ninguna duda, Max era el hombre de sus sueños y, como con todo lo que se proponía, iba a intentar conseguirlo. Si la estaba besando otra vez tenía que ser porque la deseaba tanto como ella a él, aunque hubiese intentado evitar aquello. Era evidente que Max no quería precipitarse porque era un hombre respetuoso.

Pero Tia lo tenía decidido, quería vivir la vida que se le había negado hasta entonces.

Capítulo 4

TIA RESPIRÓ hondo en cuanto Max le soltó los labios. Vio que sus bonitos ojos la miraban con deseo. No era amor, se dijo, ella tampoco buscaba amor por el momento, se conformaba con una sana dosis de deseo. En el futuro, ya tendría tiempo y oportunidades de enamorarse.

Las respuestas de su cuerpo al beso de Max le eran completamente desconocidas. Tenía la sensación de que sus pechos estaban muy sensibles, los pezones erguidos contra la camiseta.

–Deberías hacerme esperar –murmuró Max, sintiéndose contrariado.

A Tia le ardió el rostro al oírlo.

–No me puedo creer que me estés diciendo eso. Pensé que me deseabas.

–Dudo que haya un solo hombre en Río que no te desee, *bella mia* –le aseguró él–, pero no quiero que te arrepientas después.

–¿Por qué iba a arrepentirme? –le preguntó Tia, sentándose recta y buscando de nuevo sus labios mientras apoyaba las manos en sus anchos hombros.

Tenía un cosquilleo en el cuerpo que no le permitía estar quieta.

Max desató el nudo que llevaba al cuello la camiseta y buscó sus pechos con las manos, acariciándole los pezones con dos dedos hasta conseguir que se endureciesen todavía más. La tumbó contra las almohadas y ella se retorció.

El calor que ya sentía en su interior aumentó cuando Max le acarició los pechos. Apretó los muslos con fuerza, echó la cabeza hacia atrás y se movió contra las almohadas mientras Max dejaba sus labios para bajar con la boca por su escote. Por un instante, Tia vio la cabeza morena inclinándose sobre sus pechos desnudos y se puso rígida porque no estaba acostumbrada a estar medio desnuda delante de nadie. Entonces se aseguró a sí misma que sabía lo que estaba haciendo. ¿Cómo podía estar mal algo tan maravilloso?

Max disfrutó de sus pezones rosados y de aquellos pechos, pequeños para un hombre acostumbrado a mujeres mejor dotadas. No obstante, la piel de porcelana de Tia y su suavidad lo tenían cautivado. Tiró de los pantalones cortos hacia abajo y se rasgaron, haciendo que Tia se sobresaltase y abriese los ojos.

–Quítate la camisa –le pidió a Max, al darse cuenta de que seguía completamente vestido.

Él sonrió.

–Nadie diría que es tu primera vez.

Ella se obligó a mantener las manos encima del colchón en vez de cubrirse los pechos con ellas y observó cómo se quitaba Max la camisa.

–Aprendo rápidamente –le dijo Tia, notando que se le hacía la boca agua al ver los músculos de su pecho y su abdomen plano.

No pudo apartar la vista de su cuerpo y notó todavía más calor entre los muslos. Bajó la vista por la línea de vello que descendía más allá de su cintura y desaparecía debajo de los calzoncillos y volvió a subirla de nuevo, intentando no pensar en su evidente erección.

Le molestó sentir vergüenza. Era normal que Max estuviese excitado, ella también lo estaba. No iba a permitir que las horribles historias que Maddie y sus amigos le habían contado acerca de la primera vez la inquietaran... Era una mujer adulta, no una adolescente.

Max se arrodilló sobre ella en la cama, atrapándola con su enorme cuerpo y ella sintió ilusión. ¿Habría hecho Max aquello más veces? Por supuesto que sí, aunque Tia sabía que no se debían hacer suposiciones acerca de los demás, en ocasiones, uno se llevaba sorpresas.

–Tú ya has hecho esto antes, ¿verdad? –preguntó, incómoda.

Y Max, que no se sonrojaba con facilidad, sintió vergüenza.

–Sí –respondió sin más.

Pero la pregunta le hizo reflexionar, ¿qué querría Tia de un hombre? ¿Querría un hombre inocente, como ella? ¿Un hombre que fuese a misa? ¿Un tipo perfecto, sincero, honesto y religioso? Él no era nada de aquello.

–¿Muchas veces? –volvió a preguntar ella–. Quiero decir... que si ha habido muchas mujeres en tu vida.

Max apretó sus sensuales labios y se limitó a asentir con brusquedad.

Ella se ruborizó también. Cerró los ojos, pero siguió viendo los de Max, oscuros y brillantes. Lo había abochornado y eso no estaba bien. Al menos, había sido sincero con ella, no le había mentido, reflexionó.

–Esto sería mucho más complicado si ambos fuésemos vírgenes –comentó Max.

Jamás se habría imaginado manteniendo semejante conversación con una mujer, pero tampoco había pensado que Constancia Grayson aparecería en su vida.

–Supongo que tienes razón –le respondió ella.

–Y yo me imagino que estás decepcionada –añadió él, sintiéndose incómodo de repente, preguntándose a dónde iban a ir a parar con aquel diálogo.

–No, la verdad es que no –murmuró ella, abriendo los ojos para mirarlo.

Pasó los dedos por su hombro, los bajó por el pecho con una caricia que dejó a Max con la mente en blanco y sin habla, sabiendo que lo único que quería en esos momentos era tener aquellas manos acariciando todo su cuerpo.

Bajó la cabeza. Era posible que Tia quisiese al hombre perfecto, pero en esos momentos lo tenía a él. Se concentró en sus suaves labios y la besó, sonriendo al notar que arqueaba la espalda hacia él, respondiendo, deseándolo.

Max pasó la mano por su muslo y, cuando terminó el beso y Tia quiso darse cuenta, Max le había quitado las braguitas y estaba completamente desnuda, pero antes de que le diese tiempo a procesar aquella información, él le separó las piernas y empezó a hacerle algo acerca de lo que Tia había leído, pero que jamás había soñado con experimentar.

Sintió calor y vergüenza. Alargó la mano y metió los dedos en su pelo y entonces Max la lamió, *allí*, donde jamás había soñado con que alguien la tocase de manera tan íntima, y sintió un placer intenso.

Max volvió a hacerlo y ella dio un grito ahogado y tuvo la sensación de que perdía el control de su cuerpo, clavó las uñas en sus hombros. Max la estaba devorando, la estaba atormentando de placer, pensó. Tembló, se sacudió, gimió. Sintió de nuevo la lengua de Max y fue como si su cuerpo explotase de placer. Saciada, aturdida, dejó que todo el peso de su cuerpo recayese sobre el colchón y disfrutó de la sensación, maravillada con lo que era el sexo.

–Ahora no vas a poder dormir, *bella mia* –le advirtió Max, mirándola a los ojos con deseo.

Y Tia se dio cuenta, tal vez por primera vez, de que no todo giraba en torno a ella, y se ruborizó al sentirse culpable. El rostro bello, tenso de Max le produjo ternura. Levantó las piernas y se irguió hacia él, conteniéndose para no abrazarlo con fuerza por haberle dado la mejor introducción al placer físico del mundo.

–Espero que no te duela, pero podría suceder –le advirtió Max en un susurro–. Es la primera vez que estoy con una mujer virgen.

–No pasa nada –respondió ella, levantando la cabeza para darle un beso.

Max le devolvió el beso, volvió a hacer aquello que hacía con la lengua y Tia sintió un nuevo calor entre los muslos, lo notó empujar allí, contra su cuerpo, para avanzar poco a poco en su interior. Y todo fue bien hasta que notó un intenso dolor que la hizo gemir involuntariamente. Y Max paró.

–No, no, continúa –lo alentó ella, apretando los dientes.

Y Max continuó.

–Qué bien –murmuró, disfrutando de la humedad y el calor de su cuerpo.

Apoyó las manos en las caderas de Tia y empezó a moverse una y otra vez, cada vez con más fuerza, con mayor rapidez. Y ella sintió un placer que le pareció extraordinario, hundió los dedos en su pelo, después le clavó las uñas en los hombros y en la espalda, mientras sentía cómo aumentaba la tensión en su interior. Notó que aquella intensa sensación volvía a invadir su vientre y la lanzaba de nuevo al espacio exterior. Se retorció debajo de Max, incapaz de contener el éxtasis mientras su cuerpo se sacudía.

Después se sintió tan pesada, tan lánguida, que se echó a reír.

–Ha sido... no tengo palabras.

Max tampoco solía tener palabras, ni dentro ni fuera de la cama, con las mujeres, prefería escapar en silencio a que cualquier cosa que dijese pudiese ser malinterpretada, pero Tia tenía los brazos y las piernas a su alrededor, lo tenía atrapado.

–Ha sido el mejor sexo de mi vida –murmuró.

Le dolía tanto la cabeza que no podía ni pensar con claridad.

Salió de la cama, aturdido, desorientado, y se dio cuenta de que aquello era peor que una de sus habituales migrañas.

–No me encuentro bien, creo que estoy agotado.

–Deberíamos llamar a un médico –dijo ella, saltando de la cama al ver que Max se dejaba caer sobre la alfombra.

–No quiero un médico –replicó él, como era de esperar.

Por suerte, a Tia no le costó localizar a un médico a través del personal del hotel. Los siguientes minutos fueron frenéticos. Le dio a Max un vaso de agua, se vistió rápidamente y entonces se dio cuenta de que Max también estaba desnudo y se sintió nerviosa y culpable. Max le dijo que solo era una migraña y que fuese a buscar la medicación a su habitación, pero Tia solo fue a por ropa.

Convencerlo de que volviese a la cama fue un logro. Al parecer, Max no tenía pijama ni una bata, así que le hizo ponerse unos calzoncillos. Cuando el médico llamó a la puerta ella fue a abrir acalorada y descalza, pero lo único que le preocupaba era Max.

El joven doctor quiso que a Max le hicieran pruebas en un hospital, pero él se negó en redondo. Cuando el médico insistió en que tenía una contusión, porque el chichón de la cabeza era visible, Max accedió a ir a la mañana siguiente.

Después, Tia acompañó al médico hasta la puerta.

–Tia... –la llamó Max en cuanto se hubieron quedado a solas.

Ella volvió y lo estudió con la mirada. El médico le había preguntado si Max se estaba comportando con normalidad, pero lo cierto era que ella no podía decir cuál era su comportamiento normal, no lo conocía tanto.

–¡No puedo quedarme en la cama como si estuviera enfermo! –añadió él con frustración.

–Debes hacerlo. Estás mareado y, si te caes, no voy a poder levantarte –le respondió ella–. De todos modos, es hora de dormir, es medianoche.

–Yo no me voy a la cama a las doce, como tu abuelo. De hecho, estoy acostumbrado a acostarme tarde y a dormir poco –murmuró Max.

La observó y se dio cuenta de que irradiaba luz, y supo que sus siguientes palabras iban a hacer que aquella luz se apagase.

–Tia... no he utilizado protección –admitió en tono culpable.

–¿Qué quieres decir?

Él se sintió todavía peor, se había aprovechado de su inocencia.

–Supongo que el golpe en la cabeza me ha dejado desorientado. No he utilizado ningún método anticonceptivo.

Tia pareció entenderlo por fin.

–Ah –balbució consternada.

–Me hago pruebas médicas con regularidad y no tengo ninguna enfermedad –afirmó Max–. Y te aseguro que es la primera vez que tengo sexo sin protección. Como es evidente, no quiero consecuencias...

–Consecuencias... ¿te refieres a un embarazo? –preguntó ella.

Se sintió como una tonta. Se había dejado llevar y ni siquiera había pensado en la posibilidad de quedarse embarazada. Le sorprendió haber sido tan sumamente irresponsable.

–Evidentemente, ese es el riesgo –le contestó él–.

Ambos somos jóvenes y estamos sanos, podría haber consecuencias.

Aquella mañana, Tia se había despertado todavía en el convento, inocente, ignorando temas que otras chicas de su edad conocían de sobra. Y de repente se sentía como si la hubiesen sometido a un aterrador curso intensivo de madurez y se hubiese dado cuenta de su imprudencia. No había tenido ningún sentido común, se le había olvidado todo lo que le habían enseñado acerca de cómo cuidar de sí misma. Ya ni recordaba durante cuántos años le habían dicho que la pureza era el único modo efectivo de evitar un embarazo no deseado. En cualquier caso, era demasiado tarde para arrepentirse, ya estaba hecho.

–Tendremos que casarnos –le informó Max sin dudarlo–. Inmediatamente. Dado que me han encomendado tu cuidado, es la única solución posible. Tu abuelo confía en mí. Si existe la menor posibilidad de que te hayas quedado embarazada, tengo que casarme contigo.

Ella guardó silencio y lo miró con incredulidad. Estaba sudando. Se dio cuenta en ese instante de que no solo no quería estar embarazada, sino que tampoco quería casarse. Ni siquiera con Max, que parecía un príncipe del Renacimiento y la hacía levitar de placer en la cama. Con lo que Tia había soñado durante tantos años, lo que siempre había deseado era... libertad e independencia. Y no hacía falta que nadie le advirtiese que no podría encontrar la libertad ni en el matrimonio ni en la maternidad.

Capítulo 5

TIA HABÍA palidecido de repente y su mirada era velada, la tenía clavada en el suelo en vez de mirarlo a él. Max se dio cuenta al instante de que a Tia no le gustaba la idea de casarse con él y aquello fue una sorpresa para un hombre que llevaba años siendo perseguido por jóvenes ambiciosas a la caza de un marido rico. Tia se había acostado con él, pero no quería casarse.

Aquello fue un duro golpe para su ego y comprendió que le había dado demasiada importancia a la evidente atracción que Tia sentía por él. Era muy posible que Tia sintiese lo que siempre había sentido él después de una aventura de una noche: se lo había pasado bien, pero tal vez no tenía deseos de repetir.

–Tu rostro es muy expresivo –murmuró Max.

–Ese es el motivo por el que estoy intentando no mirarte –protestó Tia–. La madre Sancha siempre sabía lo que estaba pensando incluso antes de que lo pensase. Es solo que... lo de casarnos me ha sorprendido. No me lo esperaba.

–A mí me parece que no tenemos elección –le dijo Max–. Si te llevo a casa de Andrew soltera y embarazada va a ser un desastre, posiblemente, más para mí que para ti, lo tengo que admitir. A ti tu abuelo te perdonaría cualquier cosa, pero de mí espera más... y no soy miembro de su familia.

Aquello la enterneció. Aunque no perteneciese a la familia de su abuelo, era evidente que Max apreciaba mucho a Andrew Grayson.

–No sé de qué conoces a mi abuelo ni la relación que tienes con él –le recordó Tia–. ¿Trabajas para él? ¿Eres su vecino? ¿O sois amigos?

Max respiró hondo e intentó calcular lo que podía contarle a Tia.

–Nací en un pequeño pueblo italiano, en una familia bastante humilde –empezó–. Cuando, por motivos en los que no voy a ahondar, mis padres no pudieron seguir cuidando de mí, la hermana de mi madre, Carina, que trabajaba en Inglaterra para Andrew, accedió a darme un hogar. Tu abuelo pagó mi educación y viví bajo su techo durante las vacaciones. No como invitado, sino como el sobrino de su ama de llaves, en el apartamento de mi tía.

A Tia le sorprendió todo aquello. Había dado por hecho que Max procedía de una familia adinerada, lo mismo que su padre. Parpadeó rápidamente mientras absorbía aquella nueva información, que complicaba todavía más la situación. Era evidente que Max sentía que le debía mucho a Andrew Grayson y que no pensaba que él fuese a perdonarle ningún error. ¿Consideraba Max que tener cualquier tipo de relación con Tia era un error?

–Todo lo que soy hoy es gracias a la generosidad de Andrew –continuó él–. Y no quiero hacer nada que lo disguste. Tiene ochenta años y está... frágil.

–Podría disgustarse si nos casamos –sugirió Tia.

–No. No olvides que Andrew pertenece a otra generación. Todavía piensa que el matrimonio es la mejor fuente de felicidad y seguridad para una mujer –le dijo Max.

–Entonces, ¿estás dispuesto a casarte conmigo solo por si me he quedado embarazada? –recapituló Tia–. Lo comprendo, pero yo preferiría casarme por amor.

–No te voy a mentir –murmuró Max con frustración–. No puedo ofrecerte amor. Yo solo lo he recibido una vez en mi vida, cuando era muy joven, y el efecto que tuvo en mí fue terrible. No obstante, sí que puedo prometerte que te cuidaré y te apoyaré y que, siempre y cuando sea un matrimonio normal, te seré fiel.

Conmovida por aquella declaración, Tia se dejó caer en el sillón que había en un rincón y miró a Max. Su cuerpo todavía se estaba recuperando después de haber hecho el amor con él. Respetaba su sinceridad, aunque no le gustase la opinión que tenía del amor porque sospechaba que, con el tiempo, podía enamorarse de él. Al fin y al cabo, Max le estaba ofreciendo todo lo que antes o después ella querría tener, pero a Tia le parecía demasiado pronto, acababa de salir del convento.

No obstante, se dijo que tenía que haber pensado en aquello antes de haberse acostado con él, y se sintió culpable. Tenía que haberse preguntado quién era Max, quién era ella y cómo iba a reaccionar su abuelo si se enteraba de lo que había ocurrido entre ambos. Lo cierto era que no había pensado con sensatez desde que Max había entrado en su vida. Su belleza, carisma y sofisticación le habían hecho perder el juicio. Visto desde fuera, sospechaba que se había comportado como una adolescente enamorada, sobreexcitada e impulsiva, que no había pensado en ningún momento en las consecuencias. ¿Y si se había quedado embarazada?

¿No había sido egoísta, estrecha de miras, al pensar en la libertad que la esperaba en Inglaterra? En cierto modo, ¿no eran sus aspiraciones parecidas a las que habían llevado a sus padres a abandonarla? Tampoco había encajado en sus planes tener un bebé y, cuando el matrimonio se había roto, Tia había sido un estorbo tanto para Paul como para Inez. ¿Iba a tener ella la misma actitud con su propio bebé, si es que estaba embarazada?

Se dijo que si estaba embarazada el bebé tendría que ser lo primero, que lo haría mejor que sus padres. Haría sacrificios si era necesario y cambiaría sus prioridades si era madre, pero, naturalmente, aquello sería mucho más sencillo teniendo al padre de su hijo al lado. Le gustase admitirlo o no, la propuesta de Max podía ser su salvación.

–¿No podemos esperar a ver si tenemos algo de qué preocuparnos o no? –sugirió, ruborizándose.

–No pienso que debamos arriesgarnos a que tu vida en Inglaterra empiece con mal pie –le respondió Max–. Tu abuelo se llevaría un enorme disgusto si le confesásemos de repente que tenemos que casarnos deprisa y corriendo. Podríamos casarnos aquí, en Río, y volver como matrimonio a Inglaterra. Sería lo más sencillo.

–Pero también podría resultar innecesario. Es posible que no esté embarazada –puntualizó Tia.

–Si es así, ya reconsideraríamos nuestra situación después –le dijo Max, mirándola sin parpadear y bajando la vista después porque le molestaba la luz.

Tia se dio cuenta y se levantó a apagar las lámparas, para que la única luz que entrase en el dormitorio fuese la procedente del salón.

–Gracias –le dijo él.

Tia respiró hondo.

–Me casaré contigo si de verdad piensas que es la mejor opción. No quiero hacer nada que pueda disgustar a mi abuelo. Al fin y al cabo, de no ser por él todavía seguiría en el convento.

Aliviado, Max relajó los hombros.

–Vete a la cama, utiliza mi habitación. Eso que te ha dicho el médico de que te sientes a mi lado y me vigiles toda la noche es ridículo. Te aseguro que sin la medicación para la migraña voy a estar demasiado incómodo para dormir.

–No voy a dejarte solo –le respondió Tia–. Si voy a ser tu esposa, es mi deber cuidar de ti.

–No te entusiasmes tanto –respondió él.

La idea del matrimonio no le gustaba, pero la de ser padre lo ponía muy nervioso.

Al fin y al cabo, jamás había planeado tener un hijo. Jamás. No quería que nadie heredase sus genes. No quería enfrentarse al reto de ser padre cuando el suyo había sido un monstruo. Lo único que había querido siempre había sido vivir tranquilo y solo, pero entre Andrew y Tia lo habían atrapado y habían puesto en su vida nuevos retos y preocupaciones. No obstante, no quería darle vueltas al tema. La vida siempre era complicada, se recordó. Y a la mayoría de los hombres no les parecería que tener una esposa bella y muy sexy fuese una carga.

¿Por qué iba a ser él diferente? Conocía la respuesta: porque había crecido con violencia y no quería correr el riesgo de formar una familia cuando no estaba seguro de poder confiar en sí mismo.

Su tía, que había sido una mujer desconfiada, se lo había recordado con frecuencia:

–¿Quién sabe cómo serás cuando crezcas? Yo voy a hacer lo que pueda contigo, pero la sangre es la sangre y tu padre era un bruto y tu madre, una loca.

Había sido uno de los discursos favoritos de Carina, que había hecho que Max no olvidase jamás sus sórdidos orígenes.

Ajena a los sombríos pensamientos de su futuro marido, Tia se quedó dormida. Cuando se despertó ya estaba bien entrada la mañana y, sin saber cómo, estaba en la cama, tapada con una colcha, sola. Dio por hecho que Max se había ido a su propia cama, así que se duchó y se envolvió en un grueso albornoz. Se quedó inmóvil al ver a Max, al parecer recuperado, en la puerta de la habitación.

–¿Te puedes vestir rápidamente? Te he pedido el desayuno, pero vas a llegar tarde.

–¿Tarde? ¿Adónde? –preguntó ella.

Se le había quedado la boca seca al ver a Max vestido con un traje gris claro, muy guapo.

–A un sitio de esos en los que os miman a las mujeres –respondió él–. Mi secretaria te lo organizó ayer porque pensé que te gustaría la experiencia. Te harán las uñas y cosas así...

Tia asintió y sonrió. En la fiesta de la noche anterior había sentido vergüenza al comparar su pelo, sus manos llenas de callos y sus uñas con los de las demás chicas. Aunque la habían educado para que pensase que la vanidad era un pecado, en el colegio, con Maddie, había experimentado con el maquillaje como cualquier otra chica de su edad.

–Me gustará. ¿Y tú, has salido ya?

–He estado en el hospital a primera hora –admitió Max–. Tengo una contusión, nada más. Se curará sola. Y me encuentro bien.

Tia deseó reprenderlo por no haberla despertado para que lo acompañase.

–Me alegro, aunque no entiendo que anoche te negases en redondo a hacerte las pruebas.

–No me gustan los hospitales, pero no soy tonto. No es la primera vez que tengo una contusión, y la vez anterior fue peor –le respondió él–. Ponte el vestido azul, resaltará tus ojos.

Tia se puso el vestido azul, unas sandalias de tacón y un poco de colorete en las mejillas. Tenía aspecto de cansada, y lo estaba, y le maravilló que Max tuviese tanta energía después de cómo lo había visto la noche anterior.

Max había dicho que ya había tenido otra contusión. ¿Habría sido peleando con alguien, o en un accidente de tráfico? Se sintió frustrada al darse cuenta de lo poco que sabía de Max Leonelli. Quería saber más.

En el salón la esperaba un generoso desayuno. Habían sacado a Teddy de su jaula y estaba tumbado debajo de la mesa. Gruñía a Max cada vez que se acercaba, pero a ella la saludó moviendo el rabo y dándole lametazos de felicidad.

–No sabía lo que te gustaba –dijo Max, refiriéndose al desayuno–. Así que he pedido que te trajeran un poco de todo.

–Pero es una pena desaprovechar tanta comida –susurró ella–. No me voy a comer ni la mitad.

–Así es tu nueva vida –le respondió Max–. Vas a tener el lujo de elegir.

Ella suspiró mientras se servía comida.

–Intentaré acostumbrarme.

–Yo también tuve que hacerlo cuando llegué a Inglaterra, pero pronto te adaptarás. Por cierto, que la boda será dentro de cuarenta y ocho horas.

A Tia estuvo a punto de caérsele el plato de la mano.

–¿Cómo es posible?

–Puedes darle las gracias a la madre Sancha por haberlo organizado todo. Por suerte, tienes doble nacionalidad, lo que ha facilitado mucho las gestiones, pero la madre Sancha sabe muy bien cómo moverse para conseguir permisos rápidamente –comentó Max–. El padre Francisco celebrará la ceremonia en la capilla del convento y la celebración saldrá en un medio social, en beneficio de Andrew.

Tia lo miró con los ojos como platos.

–Dios mío, ¿cómo es posible que esté todo organizado a esta hora de la mañana?

–Es casi mediodía. Suelo empezar a trabajar al amanecer –le informó él.

«Me voy a casar», pensó Tia aturdida. Se iba a casar con Max, pero solo porque existía la posibilidad de que estuviese embarazada, se recordó, sintiendo calor en las mejillas. No tenía de qué enorgullecerse, reflexionó, consciente de lo que había hecho en cuanto le habían dado un poco de libertad, sin tan siquiera sopesar las ventajas e inconvenientes. Y, no obstante, fue mirar a Max, que estaba al otro lado de la mesa, y olvidarse de todos los inconvenientes para sentir solo el peso de sus pechos y que se le cortaba la respiración.

Tia disfrutó mucho de la visita al salón de belleza. Era la primera vez que le cortaba el pelo una profesional, que la peinaban, y casi no se podía creer que aquella gruesa mata de pelo pudiese convertirse en una sedosa melena que caía con naturalidad alrededor de su rostro. Le habían dejado las manos suaves y de repente tenía las uñas cuidadas y elegantes. Todo su cuerpo estaba más suave e hidratado y, después de disfrutar de un almuerzo ligero, pasó a manos de una maquilladora profesional. Intentó fijarse en todo lo que ella le hacía para poder hacerlo sola después. Por primera vez en su vida, disfrutó de ser una mujer.

Max se puso rígido nada más verla salir de la limusina. Tia tenía una belleza natural, pero tras su paso por el salón de belleza estaba tan guapa que habría podido parar el tráfico.

–Estás increíble, *bella mia* –murmuró, estudiando su rostro ruborizado–. Había pensado en llevarte a dar un paseo turístico esta tarde, pero me temo que vas a tener que dedicarte a elegir el vestido de novia. Han traído unos cuantos al hotel.

–La verdad es que me preguntaba qué me iba a poner –admitió ella.

–Te lo vas a tener que poner todo. Es lo que espera tu abuelo.

Pero nada estaba ocurriendo como Tia había esperado y todo iba demasiado deprisa como para poder sentirse tranquila. Estaba nerviosa, se sentía insegura y tenía muchas dudas. Se iba a casar con el primer hombre con el que se había acostado, prácticamente, con el primer hombre atractivo al que había conocido, para después ir a vivir a un país nuevo en el que conocería a su adinerado abuelo, que en realidad era un extraño que quería ofrecerle una nueva vida. Pero no sería la vida libre con la que ella había soñado, sería una vida distinta, con un marido y, tal vez, un hijo. ¿Cómo iba a ser ella una buena madre si ni siquiera sabía cómo sobrevivir en el mundo moderno?

Capítulo 6

LA HERMANA Mariana lloró al ver a Tia vestida de novia, pero insistió en que eran lágrimas de felicidad. Aseguró, además, que, con aquella boda, las hermanas podían estar tranquilas sabiendo cuál iba a ser el futuro de Tia y, al parecer, todas consideraban a Max como su protector en la nueva y peligrosa vida en la que Tia iba a embarcarse.

Ella también tenía los ojos húmedos. El vestido era precioso, aunque no fuese el vestido de sus sueños. Al fin y al cabo, se iba a casar en un convento, así que los vestidos más modernos no le habían parecido apropiados y al final había elegido algo tradicional y modesto. Dado que se había acostumbrado a intentar complacer a los demás, no le había importado hacer aquel sacrificio, pero sabía que no siempre sería así. En algún momento, en el futuro, podría empezar a pensar en sí misma y dejar de preocuparse por complacer a los demás. ¿O no?

Era una pregunta que Tia llevaba haciéndose las últimas cuarenta y ocho horas. Max no había intentado tener ningún otro contacto íntimo con ella y su moderación solo había acrecentado la inseguridad de Tia. ¿Cuánto la deseaba Max en realidad? ¿Qué pensaba de ella? ¿Era cierto que solo se casaba porque existía la posibilidad de que estuviese embarazada? ¿Solo se había interesado por ella por su cuerpo? Y, si era capaz de resistirse a ella en esos momentos, ¿cómo sería su matrimonio? ¿Indiferente? ¿Práctico? Infeliz para ella, que era una mujer ardiente y apasionada y necesitaba y quería más.

El día anterior había conocido a su abuelo a través de una videollamada. La había tranquilizado verlo tan cariñoso e interesado por ella, pero le había preocupado que estuviese tan delgado y sentado en una silla de ruedas. Al parecer, Andrew Grayson estaba tan frágil como Max había dicho. Aquella realidad había entristecido a Tia y le había hecho preguntarse durante cuánto tiempo podría disfrutar de tener un familiar que la quería en su vida. A pesar de que Andrew había animado a Max a que organizase una luna de miel antes de llevarla a Inglaterra, Tia y Max habían decidido volver lo antes posible.

Tia vio a Max esperándola en la capilla, alto y moreno, vestido de traje junto a la figura baja y regordeta del padre Francisco, y volvió a pensar que parecía salido de un cuadro renacentista. El brillo de sus ojos le hizo sentir un cosquilleo en el estómago y algo más que Tia reconoció como deseo sexual.

Max observó a Tia avanzar hacia él. El vestido vaporoso, con encaje, realzaba su esbelta figura. A su abuelo le había bastado con ver aquel rostro exquisito, su encantadora sonrisa, para sentirse cautivado. La reacción de Max era mucho más física, la deseaba. Había tenido que hacer un gran esfuerzo para mantenerse alejado de su cama hasta aquel día, pero había ganado la batalla. Max necesitaba controlar todos los aspectos de su vida, lo contrario le parecía un signo de debilidad y él se negaba a ser débil, y mucho menos por una mujer. Había cometido ese error una vez en la vida y lo había pagado caro, así que no se podía repetir.

–Tienes mucha suerte –le había dicho Andrew por teléfono después de haber visto a Tia–. Debe de parecerse a su madre, desde luego, no tiene nada de mi familia. Todos hemos sido muy corrientes. Supongo que cuando la viste te sentiste como si te hubiese tocado la lotería.

«No tanto», había pensado él. Con veintiocho años, jamás había pensado en casarse. De hecho, todavía estaba sorprendido del cambio que iba a dar su vida, pero el responsable de dicho cambio era él. Cegado por la belleza de Tia, había sucumbido a la tentación y había perdido el control como un adolescente. Aunque no estaba seguro de por qué se preocupaba tanto. Ni siquiera sabía si podía tener hijos, tal vez estuviese malgastando energía con tanta preocupación.

Con respecto al matrimonio, pensó mientras ambos se arrodillaban, casarse con una mujer tan bella tenía que ser una motivación para cualquier hombre que se resistiese a pasar por el altar. Tia le agarró la mano como si tuviese miedo a caerse mientras él le ponía el anillo. No tenía de qué preocuparse. Su vida iba a sufrir muchos cambios, pero él la iba a cuidar lo mejor posible. No obstante, no había hecho falta una boda para aceptar aquella responsabilidad, la habría cuidado solo por respeto a Andrew Grayson. Así que sonrió con satisfacción, sabiendo que, como marido de Tia, iba a entrar a formar parte de la familia de Andrew. En toda su vida, Andrew había sido el único que había confiado en él.

Mientras embarcaban en el avión privado que los esperaba en Belém, Tia acarició el delicado crucifijo de oro que la madre Sancha le había regalado y respiró hondo. Era una mujer casada, pero no se sentía como tal. Su marido ni siquiera la había besado. Lo vio sentarse y pensó que ya no se sentía atraído por ella. Si no, no se habría comportado de una manera tan distante.

–Me gustaría ponerme algo más cómodo –le dijo Tia en cuanto hubieron despegado.

Max le enseñó la zona de dormitorio y ella deseó darle una bofetada por ser tan distante y cortés. Al fin y al cabo, era su noche de bodas. Tia se dio una ducha fría y, conteniendo un bostezo, se puso el conjunto de pantalón corto y camiseta de tirantes turquesa que había elegido para la ocasión. «La ocasión», pensó con ironía, haciendo una mueca. ¿Se suponía que debía salir y lanzarse a los brazos de Max, que debía de estar trabajando? Se echó a reír y bostezó de nuevo. Se tumbó en la cama, para relajarse solo un momento y recuperar energías, y se quedó dormida.

Max juró entre dientes al verla dormida, cual sirena vestida de turquesa, con los deliciosos pechos marcándose a través de la fina tela, con las largas y blancas piernas desnudas. Deseó lanzarse sobre ella y devorarla, pero había sido un día muy largo y la recepción que los esperaba en Londres lo sería todavía más. Además, se recordó que tenía que aprender a controlarse con Tia.

Enfundada en un vestido rosa, chaqueta y tacones peligrosamente altos, Tia se dispuso a desayunar con Max.

–¿Dónde dormiste anoche? –le preguntó sin más.

–Aquí. Los sillones se reclinan –respondió él–. No quería molestarte.

–Un novio normal me habría despertado –murmuró ella.

Max la miró con sorpresa.

–¿Qué has dicho?

–Que tenías que haberme despertado –le repitió ella, negándose a retroceder–. Era nuestra noche de bodas y la pasamos separados.

–Tal vez intenté ser considerado.

–Pues la próxima vez que tengas la tentación de ser considerado, consúltame antes –le aconsejó ella.

Aquello lo divirtió.

–No soy precisamente el tipo más democrático del mundo. Tengo la costumbre de tomar decisiones unilaterales.

Tia frunció el ceño.

–Pues conmigo no te va a funcionar. Pienso que el matrimonio tiene que ser una asociación entre iguales.

–Tomo nota, *bella mia* –le dijo él, divertido por su

actitud, pero pensando que a él el matrimonio no lo iba a cambiar.

Al llegar al Reino Unido, pusieron a Teddy en cuarentena y Tia subió a la limusina muy triste por la separación.

–Tienes unas piernas preciosas –comentó Max cuando se sentó.

Ella le sonrió. Max había estado hablando por teléfono desde que habían aterrizado, pero en esos momentos por fin lo había dejado todo para prestarle atención. Respetaba su ética profesional, pero quería que se comportase como un marido. Tal vez no hubiesen podido ir de luna de miel debido a las circunstancias, pero eso no significaba que Max tuviese derecho a comportarse como si llevasen veinte años casados. Estiró las piernas para lucirlas todavía más, porque para ella era muy importante sentirse deseada por Max. Nadie la había querido ni deseado hasta entonces.

–¿Estás intentando tentarme? –le preguntó él.

Tia lo miró con inocencia.

–¿Por qué iba a hacer algo así?

Y Max se olvidó de su teléfono, de su estrategia y de que debía ser considerado, y la agarró para sentarla en su regazo. Metió los dedos por debajo del dobladillo del vestido para acariciarle los muslos, suaves como el satén, y continuar por debajo de las braguitas.

Desconcertada, Tia dio un grito ahogado mientras Max la besaba. Sintió fuegos artificiales en su interior mientras Max la exploraba con los dedos. Tia estaba muy excitada y nunca había deseado tanto que la acariciasen, arqueó la espalda contra él, separó los muslos, notó que se le endurecían los pezones.

–Como ves, no necesito que me animen mucho –le susurró Max al oído mientras tiraba de la prenda que le impedía llegar a su objetivo.

Le acarició la parte más íntima de su cuerpo y se dio cuenta de lo excitada que estaba. Metió un dedo dentro de ella mientras con otro le acariciaba la parte más sensible de su cuerpo y la acarició con otro, y cuando Tia quiso darse cuenta ya no había marcha atrás, gimió de placer mientras todo su cuerpo se sacudía.

–Y, al parecer, a ti tampoco –añadió Max, haciendo que se ruborizase.

A Tia le sorprendió lo que acababa de ocurrir. En unos minutos, Max había conseguido que su cuerpo pasase de cero a cien. Con mano temblorosa, recuperó su ropa interior y se la metió en el bolso, siendo consciente de que ella estaba satisfecha, pero él no. Se acercó más y bajó la mano a sus pantalones para acariciarle la parte interna del muslo, consciente de lo que había muy cerca de allí.

Max le agarró la mano.

–Aquí no –murmuró–. Luego, *bella mia*, no debería haberte tocado en el coche. Necesitamos más intimidad.

Tia se sintió culpable y como no tenía suficiente confianza en sí misma para llevarle la contraria, no lo hizo, pero no le gustó que Max hubiese hecho con ella lo que había querido y que le negase la misma libertad. Se sintió controlada y molesta. Aunque tal vez estuviese equivocada, tal vez continuar pudiese ser una humillación, pensó, intentando consolarse. O tal vez su atrevimiento hubiese enfriado a Max. Lo miró de reojo y descubrió que aquel no era el problema. Sonrió.

Tia estuvo prácticamente en silencio durante el resto del trayecto.

–Redbridge Hall, la casa de campo de tu abuelo. Creció aquí –le explicó Max–. Su padre compró este lugar durante la Primera Guerra Mundial. Andrew también tiene una casa en Londres, pero la utiliza poco. Yo vivo en un piso en la ciudad.

Tia estudió la mansión de estilo Tudor, rodeada de frondosos árboles, que tenía delante. Los muros eran de ladrillos rojos, las ventanas arqueadas reflejaban la luz del sol.

–Madre mía –susurró–. Es enorme.

–Me parece que tiene doce dormitorios –comentó Max.

–Hay muchos coches aparcados –señaló Tia, viendo que había al menos diez vehículos de lujo delante de la casa–. ¿Todas esas personas se van a quedar aquí?

–Lo dudo. A mí me parece que Andrew quiere presumir de nieta.

Max, por su parte, le había aconsejado a Andrew que le dejase a Tia un poco de tiempo para adaptarse a su nueva vida antes de presentarla en sociedad.

–¿Delante de quién quiere presumir? –preguntó ella, confundida.

–Delante de familiares y amigos.

–¿Familiares?

–A pesar de que Andrew es tu único familiar directo, su difunta esposa, tu abuela, tenía varios hermanos, así que tienes un montón de primos por esa parte de la familia –le contó Max.

A la mayoría de esos primos no le gustaba la presencia de Max y que tuviese una relación tan estrecha con Andrew.

–Primos. Suena interesante –admitió Tia, saliendo del coche con cuidado porque llevaba zapatos de tacón alto y echando de menos la presencia de Teddy.

Su abuelo la estaba esperando en el salón, que estaba lleno de gente. Andrew Grayson sonrió de oreja a oreja y abrió los brazos al verla.

–Ven aquí, cariño, y deja que te vea más de cerca.

Tia se sentó al lado del anciano y el resto de las personas empezaron a acercarse a conocerla.

–Soy Ronnie –se presentó una guapa morena que tenía dos niñas gemelas adorables.

Eran demasiados los nombres y los rostros para que Tia los grabase en su mente. No supo cuáles eran hermanos y cuáles parejas, y la abrumó la idea de tener por fin familia. Durante todo el tiempo, Max se quedó a su lado y Andrew lo consultó en varias ocasiones. Tia se dio cuenta de que la mayoría de los visitantes se sentían intimidados por Max y que, en público, él se mostraba mucho más distante y frío de lo que era con ella a solas. No obstante, agradeció tenerlo cerca cuando le hicieron preguntas incisivas acerca de su vida en Brasil y de sus padres, que Max se ocupó de zanjar rápidamente y en tono frío.

–¿Y dices que te casaste ayer con Max? –preguntó Ronnie sorprendida mientras le servía a Tia una taza de té–. Me imagino que ha sido un flechazo y tengo que admitir que es toda una sorpresa. Max da la sensación de ser un hombre que nunca pierde el control, un hombre de negocios con mucha sangre fría, que nunca hace nada por impulso, aunque supongo que todo eso se va al traste cuando aparece en su vida una mujer tan bella. Porque lo eres, espero que no te importe que te lo diga, bella y, probablemente, muy fotogénica. La prensa se volverá loca por conseguir fotografías tuyas cuando se entere de tu existencia.

Tia se ruborizó.

–¿Por qué le iba a interesar yo a la prensa?

–¿De verdad me lo preguntas? –dijo Ronnie divertida–. La nieta de Andrew, que llevaba toda la vida en Brasil, se ha casado con el director general de Grayson Industries. Andrew es un hombre muy importante y Max, muy conocido en el mundo de los negocios y de la escena social.

–Yo no he crecido en el mismo ambiente que vosotros –comentó Tia, incómoda.

–Yo tampoco. Crecí en una granja. Tu abuela se casó con un magnate, pero el resto de la familia es bastante corriente en términos de riqueza y estatus social –le explicó Ronnie.

Tia se sintió cómoda con Ronnie.

–Tengo entendido que Max tiene mucho éxito.

–¿Sabes la historia de aquel rey legendario que todo lo que tocaba se convertía en oro? –le preguntó Ronnie–. Max ha sido siempre un lumbreras. De hecho, cuando trabajaba en banca, Doug le tenía muchos celos.

–¿Quién es Doug?

–Un primo que no ha venido. Fue al mismo colegio que Max, pero no se llevan bien, por algo relacionado con un escándalo –murmuró Ronnie–. Por favor, no le digas a Max que te lo he contado. No quiero que piense que he estado chismorreando.

–¿Por qué iba a pensar eso? –preguntó Tia sorprendida.

Levantó la vista y se dio cuenta de que Max la observaba muy serio. Su mirada oscura la excitó.

–No me gusta meterme en viejos escándalos –le respondió Ronnie–. La verdad es que Max siempre nos ha intimidado mucho. Cuando era niño, algunos primos se portaron mal con él porque era el sobrino del ama de llaves de Andrew. Supongo que fue duro para él.

Varias personas se acercaron a ellas y Tia, que no estaba acostumbrada a estar con tanta gente, se sintió aliviada cuando Max acudió en su rescate para llevarla de vuelta al lado de su abuelo. Una vez sentada al lado de este, Tia consiguió relajarse de nuevo.

Se sirvió la cena en el comedor, en una mesa llena de copas de cristal, platos de porcelana y cubiertos de plata.

–Esto es otro mundo –le murmuró Tia a Max.

–Este modo de vida es de otra época –le explicó él–. Andrew vive como vivía su padre.

–Con muchas comodidades –añadió ella–, pero lo que sí me gustaría ver es el alojamiento del ama de llaves, donde tú creciste.

Él sonrió al oír aquello.

–Por desgracia, ya no existe. Andrew reformó la zona de servicio tras la muerte de mi tía.

–¿Cuándo falleció? –le preguntó Tia.

–¿De qué habláis? –quiso saber su abuelo desde el otro lado.

–Le estaba preguntando a Max cuándo falleció su tía –le explicó Tia.

–Hace ocho años –le respondió Andrew–. Fue una sorpresa. Carina tenía gripe, que se convirtió en neumonía. A Max no le dio tiempo ni a llegar al hospital.

–Estaba haciendo unas prácticas de trabajo en Nueva York por aquel entonces –comentó este.

–Era una buena mujer, Max –añadió Andrew con la voz ligeramente temblorosa, visiblemente afectado.

Y Tia se dio cuenta de que todo el mundo en la mesa se había quedado en silencio y prestaba atención a su conversación. Deseó haberse quedado callada, no haber preguntado por la tía de Max, pero no supo por qué la muerte de su tía podía despertar tanta curiosidad.

–Mañana te enseñaré la casa –murmuró Max, inmune, al parecer, a la tensión que reinaba en el ambiente–. Ya verás cómo entonces te sientes más cómoda aquí.

Tia no pensaba que pudiese sentirse cómoda con sirvientes y ropa cara, en una casa con muebles tan lujosos, pero miró a Max y se sintió tranquila. Él hacía que se sintiese segura, en casa. Aunque, irónicamente, si lo que Ronnie le había contado era cierto, al parecer cuando Max era niño lo habían menospreciado en Redbridge por ser sobrino del ama de llaves. ¿Sería ese el motivo por el que se mostraba tan distante en presencia de los familiares y amigos de

Andrew? ¿Pensaba que todavía opinaban así de él? ¿O era, sencillamente, que Max era un hombre solitario?

Tras el café, los invitados empezaron a despedirse, no sin antes invitar a Tia a visitarlos. El teléfono de la joven se llenó de nuevos números y nombres.

–¿Quién es Doug? –le preguntó a Max, recordando que Ronnie había hablado de un escándalo con él–. ¿Y por qué no viene?

–Es uno de tus primos. ¿Alguien te ha hablado de él? –dijo Max, visiblemente tenso–. No viene por algo que ocurrió hace mucho tiempo, cuando éramos adolescentes. Quiso destrozar mi reputación, pero solo consiguió destruir su propia familia y hacer que Andrew se enfadase conmigo.

El ama de llaves, Janette, los acompañó al piso de arriba y Tia no pudo formular todas las preguntas que tenía en mente.

–El señor Grayson me ha pedido que preparase la habitación principal para ustedes –les informó el ama de llaves.

Max frunció el ceño, sorprendido.

–Pero si.. –empezó, mordiéndose el labio inferior.

La habitación principal había sido la de Andrew, que se había mudado a otro dormitorio de la planta baja desde que le habían diagnosticado la enfermedad e iba en silla de ruedas. En cualquier caso, el hecho de que Andrew les hubiese asignado la habitación principal era una abierta declaración acerca de cómo veía el dueño de la casa a la nueva pareja.

–Espero que esté cómoda aquí, señora –añadió

Janette en tono cariñoso, cerrando la puerta tras de ellos.

–Es preciosa... –susurró Tia, mirando a su alrededor.

Había una gran chimenea encendida, una cama cubierta por una colcha de seda y un jarrón con rosas blancas delante de las elegantes cortinas que tapaban las ventanas. Tia se quitó los tacones y se acercó al fuego porque hacía fresco, sobre todo, porque ella estaba acostumbrada a un tiempo mucho más cálido y húmedo.

Giró la cabeza y miró a Max.

–Ahora, cuéntame lo que ocurrió entre ese tal Doug y tú.

–Luego –respondió él, quitándose la chaqueta.

–¿Luego? –repitió Tia.

–Ahora solo tengo tiempo para ti –añadió Max–. Anoche te dejé dormir porque estabas muy cansada. Era lo menos egoísta que podía hacer. Y además pensé que podrías estar... dolorida...

Ella se ruborizó.

–Ya no.

–Y te necesito en forma –le dijo Max–, porque no sé si voy a poder ser tan cuidadoso contigo otra vez más, *bella mia*. Cuando te tengo cerca, estoy permanentemente excitado.

–¿De verdad? –susurró Tia, contenta con el cumplido.

–En circunstancias normales soy un tipo egoísta, pero en estos momentos estoy intentando pensar en tus necesidades.

Tia levantó las manos y las pasó por su torso caliente, disfrutando de sus fuertes músculos a pesar de la camisa. Siguió bajando las manos y le acarició la bragueta con seguridad.

–Me parece que vas a ser un marido estupendo –le dijo sonriendo–, pero, si queremos estar los dos al mismo nivel, tengo mucho que aprender.

–Puedes practicar conmigo siempre que quieras –le contestó Max, empezando a desabrocharse la camisa.

Tia le desabrochó el cinturón y los pantalones. Max contuvo la respiración, le gustaba que Tia lo sorprendiese constantemente. Ella lo acarició y después se agachó para pasar la lengua por su erección, que estaba completamente dura. A Max le excitó ver cómo Tia le daba placer, pero antes de perder el control y llegar al clímax, la hizo incorporarse y la besó apasionadamente en la boca.

–Max... yo... –empezó Tia.

–En otra ocasión –rugió él, sentándola en la mesita que había junto a la ventana, levantándole la falda del vestido y colocándose entre sus muslos–. Llevo todo el día soñando con esto.

Y después de haberle hecho aquella confesión, se puso un preservativo y la penetró. La mesa crujió, pero Tia estaba caliente y húmeda por dentro.

–*Dannazione* –juró Max–. Estás muy excitada.

Ella echó la cabeza hacia atrás y se movió bajo su cuerpo mientras gemía de placer. Max fue agresivo y dominante, no como la primera vez, y fue creando en Tia una sensación que le encantó. El placer aumentó con la rapidez y la brusquedad de sus movimientos hasta que Tia sintió que no podía soportar más aquella tensión. Sus músculos internos se sacudieron y oyó que Max gemía al llegar al clímax también.

Después, su cuerpo se quedó sin fuerzas. Max la llevó en brazos hasta la cama y la tumbó en ella, entonces le bajó la cremallera del vestido y le desabrochó el sujetador. Desapareció en lo que debía de ser el cuarto de baño y Tia suspiró contenta porque Max acababa de demostrarle lo mucho que la deseaba. Era evidente que lo que sentía por ella no era indiferencia, reflexionó con satisfacción, intentando recuperar la energía necesaria para levantarse e ir a asearse.

–Tengo que quitarme el maquillaje –balbució cuando Max salió de la ducha desnudo.

Tia se duchó también y mientras lo hacía pensó maravillada que había descubierto que también se podía hacer el amor encima de una mesa, y que podía hacerse deprisa y con energía, o despacio y con cuidado.

Volvió a la cama y se abrazó a Max sin dudarlo.

–Cuéntame por qué quería destrozar tu reputación ese tal Doug –murmuró, sin poder aplacar su curiosidad–. Necesito enterarme de todos los entresijos de la familia, y de los secretos, si es que los hay.

Max se puso tenso y luego suspiró.

–Todas las familias tienen secretos.

–Pero esto tiene que ver contigo, y estás casado conmigo –le recordó ella.

Max apretó los dientes y recordó, demasiado tarde, por qué no pasaba nunca la noche con una mujer, por qué no se arriesgaba a sentirse demasiado cerca de ninguna. Por desgracia, aquella era su esposa y no podía escapar.

Capítulo 7

DE ADOLESCENTES, Doug y yo estábamos en el mismo internado –empezó Max muy a su pesar–. Por aquel entonces, yo no lo conocía como lo conozco ahora. Confiaba en él, pensaba que era mi amigo. Jamás pensé que me veía como a la competencia, ni que le pudiese molestar que Andrew se interesase por mí. Al fin y al cabo, yo solo era el sobrino del ama de llaves y no esperaba nada de nadie. Yo era parte del servicio mientras que Doug era de la familia.

Tia apoyó la cabeza en las almohadas y tomó su mano.

Él apartó la mano.

–Continúa.

–La familia de Doug vivía cerca de aquí, así que venían con frecuencia. Su madre se había casado en segundas nupcias con un hombre que tenía una hija, una chica muy guapa, pelirroja, llamada Alice. Doug y yo teníamos diecisiete años y, durante ese verano, Doug trajo a su hermanastra muchas veces a la casa, y yo me enamoré de ella. Empezamos a salir juntos y, un par de semanas después, me dijo que estaba embarazada de mí. A mí me sorprendió la noticia porque solo nos habíamos acostado una vez y habíamos tenido cuidado.

Tia se sentó y lo miró fijamente.

–¿Y?

–Hubo un gran revuelo. El padrastro de Doug vino aquí y quiso pegarme mientras Alice y mi tía gritaban de fondo y Andrew pedía que mantuviésemos la calma. Entonces Alice se asustó y contó la verdad. Estaba embarazada de Doug. Al parecer, se había estado acostando con él durante meses y había sentido pánico al enterarse de que estaba embarazada, ya que sus padres les habían pedido expresamente que se comportasen como hermanos. Así que ella y Doug habían decidido cargarme con la culpa a mí, motivo por el que Alice se había acostado conmigo...

–Y tú la querías –murmuró Tia con voz temblorosa.

–Sí, pero lo superé –añadió él–. El matrimonio de la madre y del padrastro de Doug se rompió por aquel embarazo y Alice sufrió un aborto un par de semanas después, así que todo el mundo salió perdiendo.

–Al menos, dijo la verdad.

–¿Podemos dejar ya el tema? –le preguntó Max, mirándola a los ojos–. Yo no era más que un niño y ahora soy un hombre, pero sigue sin gustarme recordar aquello.

Tia volvió a agarrarle la mano.

Max se zafó por segunda vez.

–Me has hecho una pregunta y te he contestado, pero no quiero tu compasión. En aquella época lo pasé mal porque el hecho de que Alice me quisiese me hacía sentirme especial, pero después me di cuenta de que todo había sido un engaño. Además, Alice se encargó de decir delante de todo el mundo que cómo había podido pensar yo que ella podía querer a alguien así...

–Alguien así... –repitió Tia con el ceño fruncido–. ¿Qué quería decir con eso?

–No quieras saberlo.

–Quiero saberlo, pero tú no me lo quieres contar.

–Supongo que tengo derecho a guardarme algún secreto –respondió Max en tono seco, levantándose de la cama–. Voy a ver si Andrew sigue despierto, tengo que hablar de algunos temas de trabajo con él. Se me ha olvidado hacerlo antes.

–No soy tonta, Max. Vuelve a la cama y no te haré más preguntas, ni te tocaré. No hace falta que me alejes de ti tantas veces.

Max apretó los dientes.

–Sé que te va a sonar a cliché, pero no eres tú, sino yo. No me siento cómodo con las personas cariñosas. No estoy acostumbrado a las muestras de afecto y me siento... incómodo.

Al menos volvió a la cama. Tia se quedó en su lado, muy recta.

–¿Ni siquiera recibiste cariño de niño? –le preguntó, no pudo evitarlo.

–No, mi tía no era demasiado cariñosa.

–¿Y mi abuelo?

–Mi relación con Andrew siempre ha sido muy formal.

Tia se sintió triste por él, porque no había conocido el cariño. Se preguntó cómo habrían sido sus padres y por qué Max no hablaba nunca de ellos. ¿Por qué lo habían dejado al cuidado de su tía? Aquel era el quid de la cuestión, pero no era un tema que Tia debiese abordar en ese momento.

Por la mañana se despertó en brazos de Max y gimió al notar que él jugaba con los dedos entre sus muslos. Su cuerpo respondió al instante y Max se colocó encima de ella y la penetró. Poco después llegaba al clímax y, al mirar a Max a los ojos en ese momento, se daba cuenta de que era suyo y nada más que suyo.

Max no podía dejar de acariciar y hacer el amor a Tia y eso lo preocupaba. Se preguntó si no debía controlarse y mostrarse un poco frío. Al despertar con Tia a su lado y el olor a su champú de coco rodeándolo, había sentido la necesidad de tenerla. Era así de sencillo. Y nada más llegar al clímax en lo único en lo que podía pensar era en hacerle el amor otra vez. La deseaba tanto que se sentía incómodo porque con Tia sentía algo que era nuevo para él.

–Gracias –le dijo, dándole un beso en la frente antes de levantarse de la cama.

«¿Gracias?», pensó Tia confundida. ¿Por qué le daba las gracias? ¿Acaso no había disfrutado ella tanto como él? La siguiente vez le daría las gracias ella, decidió. Sería educada también. De hecho, sería todavía más educada que él, a ver si le gustaba que le diesen las gracias después de haber hecho el amor.

–¿Qué vamos a hacer hoy? –le preguntó.

–Al parecer, tú vas a conocer al abogado de la familia después del desayuno. Y no, no tengo ni idea del motivo. Andrew no me lo cuenta todo –admitió Max.

Un par de horas después, apareció un hombre menudo y calvo, con gafas, en la biblioteca.

–Solo tiene que firmar estos documentos –le dijo a Tia, poniéndole varios papeles delante.

–¿De qué se trata?

–De su herencia, por supuesto –respondió él sorprendido–. Su abuela se hizo muy rica durante su matrimonio con Andrew y dejó un fondo fiduciario a sus nietos, pero usted es la única nieta, así que el fondo es suyo.

Tia parpadeó, sorprendida.

–¿Tengo una herencia?

–Ahora que reside en el Reino Unido, la tiene. Su abuela estipuló que, para acceder al fondo, sus nietos tenían que ser residentes en este país, por eso no había oído hablar del tema hasta ahora –le explicó el abogado pacientemente.

–¿Y de cuánto dinero se trata? –preguntó ella con incredulidad.

–No tengo una valoración reciente de las joyas y, por supuesto, el legado es modesto en comparación con los bienes de su abuelo –le advirtió él–, pero yo diría que la cantidad total asciende a casi cuatrocientas mil libras.

–¿Y eso... es mío? –preguntó ella, que no salía de su asombro.

–Todo suyo.

Tia firmó y varios minutos después salió de la biblioteca tambaleándose para ir en busca de Max y contarle que una abuela a la que nunca había conocido la acababa de convertir en una mujer rica. A Max no le sorprendió nada la noticia.

–Ese dinero es nuestro –insistió Tia, intentando sacarle una respuesta más entusiasta–. ¿No lo entiendes?

–Yo tengo mi propio dinero –le dijo él–, pero ahora, gracias a tu abuela, tú también tienes unos ahorros, y me alegro por ti.

Tia se tranquilizó.

–Me gustaría hacer una importante donación al convento, para ayudar a las hermanas.

Max asintió.

–Por supuesto.

–¿No te importa?

–Puedes hacer lo que quieras con tu herencia, *bella mia*. Mientras estés conmigo no te hará falta utilizarla para nada.

–Entonces, ¿lo que es tuyo es mío, pero lo que es mío no es tuyo? –preguntó ella.

–Tengo la necesidad de mantener a mi esposa. Será el cavernícola que hay en mí.

Tia respiró hondo. No iba a discutir con Max por dinero. Si él no quería su herencia, ¡mejor! Al parecer, no la necesitaba para nada.

–¿Y cuando encuentre trabajo?

–¿Trabajo? –repitió él sorprendido.

–Sí. Todavía no he decidido lo que quiero hacer, pero quiero trabajar. Lo que no sé es si quiero estudiar más –admitió.

–Tómate tu tiempo para pensarlo. Andrew participa en varias obras benéficas, podrías pensar en hacer un voluntariado para empezar –le sugirió Max.

Aquella noche, Tia se sobresaltó al oír a Max. Encendió la lámpara de la mesita de noche y se dio cuenta de que él seguía dormido y estaba soñando. Tenía la sábana arrugada a su alrededor, estaba sudando y volvió a gritar algo en italiano, disgustado.

Tia lo agarró por los hombros y lo zarandeó.

–Estás teniendo una pesadilla.

Max se pasó la mano por el pelo, tenía la respiración acelerada.

–Yo no tengo pesadillas –le respondió.

–Podrías contármelo –le dijo ella–. No se lo voy a decir a nadie. Puedes confiar en mí.

–Déjalo, Tía –le pidió él–. Siempre va a haber temas de mi vida de los que no quiera hablar.

Ella lo miró fijamente.

–No me gustan los secretos –le advirtió–. Quiero saberlo todo de ti.

–Pues buena suerte, porque a mí no me gusta hablar –continuó Max, dándole un puñetazo a su almohada antes de volverse a tumbar.

Tia estuvo despierta casi hasta el amanecer, preguntándose si podría soportar que su marido le ocultase secretos. No se veía capaz. Cuando le había dicho que lo quería saber todo de él, se lo había dicho de verdad. Para ella, la sinceridad era necesaria en una relación, pero el hecho de que Max no pensase igual la preocupaba.

–¡Qué vestido llevas! –exclamó Ronnie con admiración al verla llegar con aquel traje azul hielo–. Tia... ¡Es precioso!

Era el cincuenta aniversario de Grayson Industries y, para celebrarlo, habían organizado una fiesta en un lujoso hotel de Londres. Tia asistía en compañía de Andrew y Max y aquella era su presentación en sociedad.

–Es azul porque a Max le gusto vestida de azul –murmuró Tia, con Teddy enredado a sus pies.

El animal había estado mucho más tranquilo desde que había pasado la cuarentena y ya no era agresivo, sino que se había convertido en la sombra de Tia y no se separaba de ella jamás.

Ronnie sacudió la cabeza.

–Se nota que estás recién casada. ¿Max no echa de menos la vida de soltero? Tiene un piso en Londres y, no obstante, todas las noches va a casa a reunirse contigo.

Tia no lo dijo, pero sospechaba que si iba tanto por la casa de campo de Andrew era más por el cariño que le tenía a su abuelo que por ella. Se sentía culpable porque aquella mañana había ido al médico sin decírselo a nadie porque había creído necesario hacerse una prueba de embarazo.

Pensó que no tenía por qué compartirlo todo con Max. Un par de meses antes le había molestado que él le ocultase información y en esos momentos ella estaba haciéndole lo mismo, aunque tenía sus motivos.

Después de haberse enterado de que estaba embarazada lo cierto era que se sentía como una tonta por haber estado tan ciega, por no haberse dado cuenta de las señales. Llevaba tres meses casada y solo había tenido el periodo dos veces, de manera breve y muy irregular, pero, cuando se lo había comentado a Max, él se había echado a reír y le había dicho que aquella era la prueba de que no estaba embarazada. Y ella, como una tonta, ser lo había creído. Cuando había perdido el apetito, cuando sus pechos habían empezado a aumentar, cuando se había sentido mareada de repente, no le había dado más importancia.

Así que se había quedado de piedra cuando el médico le había dicho que no le pasaba nada, que estaba experimentando los síntomas normales de los primeros meses de embarazo. Al parecer, aquellos breves periodos eran habituales en su estado, y tenía que darle la noticia a su marido aunque él no estuviese preparado para recibirla. Varias semanas después de su boda, Max se había mostrado aliviado cuando ella le había dicho que no estaba embarazada.

Y aquel era el motivo por el que ella no le había contado que iba a ir al médico, porque no había sabido cómo iba a reaccionar él. Además, su relación había ido tan bien que Tia no había querido arriesgarse a estropearla compartiendo su preocupación con él.

Porque, a pesar de haber estado preocupada, era inmensamente feliz con Max. Aunque nada fuese perfecto, por supuesto. Max trabajaba demasiadas horas y a veces estaba tan absorto en su trabajo que ni escuchaba lo que Tia le decía. Se trasladaba todos los días en helicóptero de la casa a la oficina y, aunque no lo decía, Tia sabía que no quería que ella encontrase trabajo.

Tia había dejado la idea de trabajar apartada por

el momento. Sabía que a su abuelo le quedaban meses, no años, y quería aprovechar ese tiempo con él. Tia se había sentido destrozada al enterarse de que estaba enfermo e incluso se había enfadado con Max por no habérselo contado antes, pero poco a poco había ido entendiendo que Andrew había querido que su vuelta a casa fuese un acontecimiento feliz.

Tia también sabía que la intensidad de los sentimientos que tenía por Max le había permitido adaptarse y aceptar que su abuelo no iba a vivir mucho tiempo más. Sin el apoyo de Max habría sufrido mucho más. En realidad, no sabía cuándo se había enamorado de él, Max había sido importante para ella nada más conocerlo. ¿Su primera mirada, su primera sonrisa, su primer beso? Era como si la hubiese hechizado y atado a él en cuerpo y alma.

Al mismo tiempo, Tia también era consciente de que Max no la correspondía. Tal vez no fuese la clase de mujer que pudiese conseguir su amor, porque no era posible que Max hubiese decidido no amar jamás después de una traición de juventud.

Tia había querido mucho a su padre, aunque él no se lo hubiese merecido, a pesar de sus críticas y de la falta de interés en ella. Quería a Max porque él hacía que sintiese que todo lo que hacía lo hacía por ella, ya fuese pedirle a la cocinera de Andrew que la sorprendiese con un plato brasileño o llegar a casa con algún detalle para ella: un bolso del color de sus ojos, un libro que le iba a gustar, un collar con el mismo número de diamantes que días llevaban casados. Max no hacía nada a medias y se tomaba su papel de marido muy en serio. ¿Qué más podía exigirle?

¿Cómo iba a esperar más de un hombre que le había pedido que se casase con él por si se había quedado embarazada?

Y, no obstante, Tia tenía la necesidad de ser amada. Y de tener un marido en el que pudiese confiar. Pero la negativa de Max a abrirse y ser franco con ella había obstaculizado su relación y Tia ya no estaba tan dispuesta a compartir con Max sus miedos e inseguridades. La falta de amor de sus padres había hecho que Tia fuese más vulnerable y sospechaba que Max había tenido una experiencia de vida similar. Por desgracia, aquello había hecho que Tia necesitase el amor para sentirse segura y que Max, por su parte, negase que lo necesitaba para protegerse.

Tia sabía que la falta de entusiasmo de Max con respecto a tener hijos no debía influenciarla, pero eso era imposible. Ella quería tener familia siendo joven, pero se preguntaba si no sería mejor madre si tenía a los hijos más tarde. Se recordó que no podría hacerlo peor que sus propios padres y tragó saliva. ¿Qué clase de madre iba a ser? Con un poco de suerte, mejor de lo que había sido Inez, que no había sido capaz de quererla. Tia esperaba ser capaz de querer a su hijo como cualquier madre normal.

No obstante, lo que más la preocupaba era lo que iba a hacer si el hombre al que amaba no quería a aquel hijo.

Tenía la esperanza de que, una vez asimilada la noticia, Max se sintiese tan feliz como ella. Max había estado todo el tiempo a su lado, ayudándola siempre que lo había necesitado, pero eso hacía que dependiese de él, y Tia lo odiaba. Hacía que se sintiese como una niña y ella quería ser independiente, pero con el embarazo aquella independencia iba a ser un reto todavía más difícil de alcanzar.

–Estás radiante –le dijo su abuelo aquella noche, mientras salían de la limusina.

Max había decidido cambiarse en su apartamento de Londres en vez de ir a la casa, y reunirse con ellos en el hotel. Salió a recibirlos vestido de esmoquin, guapo y elegante. A Tia se le cortó la respiración al verlo, sintió atracción, como siempre que lo tenía cerca, y se ruborizó cuando sus miradas se encontraron.

Entonces se acercaron los paparazzi y rompieron el momento de tensión. La enfermera de Andrew se ocupó de la silla de ruedas del anciano y entraron deprisa en el hotel.

–Te queda estupendamente el vestido –comentó Max, mirándola de arriba abajo, con deseo.

Pensó que tenía que guardar las distancias con Tia y darle espacio. Cuando Andrew falleciese era posible que Tia decidiese que quería recuperar su libertad y no tenía sentido desear algo que ya no podría tener. ¿Sería aquel el motivo por el que necesitaba tenerla todas las noches? ¿Por qué la idea de pasar una noche sin ella le parecía una horrible privación? No obstante, ella lo deseaba por igual, se recordó Max. El deseo era recíproco. Y estar enganchado al sexo no era peligroso como debilidad, ¿no?

Tia tiró de su manga.

–Tengo que hablar contigo –susurró.

Necesitaba compartirlo con él, compartir la felicidad que había sentido desde que se había enterado de la noticia de que estaba embarazada.

Había desperdiciado demasiada energía atormentándose con dudas e inseguridades cuando en realidad la idea de ser madre le encantaba. Iba a tener un hijo de Max y era feliz, y estaba deseando compartirlo con él.

–Antes tenemos que hacernos las fotos oficiales –le advirtió Max.

Así que posaron y sonrieron junto a Andrew y después este fue a reunirse con viejos amigos y Max empezó a presentarle lo que a Tia le parecieron cientos de personas. Ella dejó disimuladamente la copa de champán que le habían dado y pidió a un camarero que le llevase una bebida sin alcohol mientras esperaba a que surgiese el momento de contarle a Max que estaba embarazada.

La ocasión llegó cuando, como por milagro, se quedaron a solas un instante.

–¿Recuerdas que te he dicho que tenía algo que decirte? –le susurró.

Él la miró fijamente a los ojos.

–Te escucho.

–Estoy embarazada –expuso ella sin más.

Y Max palideció.

–¿En serio? ¿Cómo es posible? Si tuviste el...

–No. Pensaba que lo tenía, pero estaba equivocada.

Max se sintió destrozado, pero intentó no mostrarlo. ¿Tia embarazada? Él siempre había dado por hecho que eso no iba a ocurrir, pero Tia acababa de anunciarle, tan contenta, que iba a tener un bebé. Y él no sabía cómo reaccionar porque era algo que jamás había pensado que ocurriría. Cerró los ojos un instante y vio la imagen de su horrible padre. Era como un golpe en el estómago, lo dejaba sin aire, y aparecía siempre que cerraba los ojos para irse a dormir. Su padre, aquel ogro maltratador, lo perseguía desde la terrible noche en la que había muerto su madre.

–No puedes estar segura –le dijo a Tia–. Supongo que es demasiado pronto para saberlo.

–He estado en el médico esta mañana. Ya es oficial, estoy embarazada. Al parecer, llevo embarazada desde el principio, vamos a ser padres dentro de seis meses.

Tia se sintió mal, Max no era buen actor y era evidente que no le alegraba la noticia, no podía ocultarlo. Ella sintió dolor en el pecho, sintió que no podía respirar, se sintió desilusionada. ¿Cómo había sido tan ingenua? ¿Cómo había podido pensar que a Max le gustaría saber que iba a tener un hijo que, sin duda, le cambiaría la vida todavía más de lo que se la había cambiado ella? Max había renunciado a su libertad para casarse con ella y era posible que hubiese soñado con recuperarla después de un tiempo, pero el nacimiento de un hijo complicaría la situación mucho más.

Max suspiró.

–Ha sido toda una sorpresa.

–Evidentemente –replicó ella en tono tenso, clavando la vista en su pajarita roja, negándose a mirarlo a los ojos porque no quería sentirse todavía más dolida.

Tia había aceptado que Max no estuviese enamorado de ella, pero había pensado que la idea de tener un hijo le gustaría, aunque no fuese el momento ideal, pero era evidente que se había equivocado. Max no quería tener un hijo. Y, de repente, horrorizada, se preguntó cómo iba a seguir casada con un hombre que no quería a su hijo.

Ni siquiera sus padres se habían mostrado tan contrarios a tener hijos. De hecho, a su padre le habría gustado la paternidad si su madre se hubiese quedado con ellos para cuidarla, y a su madre le habría gustado ser madre si su marido hubiese sido un rico hombre de negocios que trabajase en Londres. Cuando Paul Grayson había anunciado que quería ser misionero y trabajar en los lugares más pobres del mundo, la madre de Tia se había quedado atónita y, de repente, el bebé que estaba esperando se había convertido en un lastre que la ataba a una vida que muy pronto había empezado a odiar.

–Ya hablaremos de ello más tarde –le dijo Max–. A ver qué hacemos.

«¿Qué hacemos?» ¿Qué quería decir con aquello? Para Tia no había nada que hacer. Max se giró a hablar con un hombre que acababa de acercarse a él y Tia sintió un escalofrío. ¿No querría Max que se sometiese a un aborto?

La velada terminó con Tia buscando la compañía de su abuelo y sentándose con él en un grupo de hombres mayores, pero sin perder a Max de vista. Pensó que Max tenía que haber sido más sincero con ella a la hora de pedirle que se casaran. Tenía que haber admitido que no quería tener hijos. Max había querido casarse por si acaso estaba embarazada, pero era evidente que debía de haberlo hecho con la esperanza de que no lo estuviese.

Poco antes de marcharse de la fiesta, porque su abuelo estaba agotado, Andrew la agarró de la mano con firmeza y le dijo:

–No sabes cuánto lamento no haberme enfrentado a mi hijo cuando te metió en ese convento.

–Fue su decisión, no la tuya –respondió ella en tono cariñoso.

–Tenía que haberme peleado con él, tenía que haberle ofrecido dinero a cambio de que te dejase venir conmigo –continuó él–, pero era mi hijo y yo quería que volviese a casa, no quería que se enfadase conmigo.

–Estuve bien en el convento. Estoy bien –le aseguró Tia.

–Eres una chica maravillosa –dijo su abuelo mientras esperaban en la calle a que la limusina los recogiese.

–Y tengo un secreto que contarte –susurró ella, desesperada de repente por contarle la noticia a alguien que fuese a alegrarse por ella.

Su abuelo respondió al anuncio con una enorme sonrisa y lágrimas en los ojos.

–Estupendo –fue lo único capaz de decir–. Estupendo.

Y, una vez en el coche, felicitó también a Max.

–Enhorabuena. Nuestra familia continuará una generación más.

Por una vez Max no se sintió feliz de pertenecer a la familia de Andrew y mantuvo el gesto tenso, la mandíbula apretada. Estaba furioso consigo mismo. Sabía que su falta de entusiasmo había hecho daño a Tia. Había permitido que sus emociones lo controlasen y le hiciesen sentirse inseguro. «Crece», le dijo su vocecita interior. «Sé optimista, no pesimista». Seguro que, si se lo proponía de verdad, era capaz.

–Estoy muy cansada –le dijo Tia al llegar a las escaleras de la casa–. Ya hablaremos mañana.

–Descansa –le contestó su abuelo–. Max y yo vamos a tomarnos una copa para celebrarlo.

–Se supone que no debes... –empezó a reprenderlo ella.

–Una copa –insistió Andrew sonriendo–. Ni siquiera el médico me negaría eso en una ocasión tan especial, ¿no?

Tia subió las escaleras intentando no pensar en la reacción de Max a la noticia del embarazo. Se tocó el collar de diamantes que llevaba puesto y después se lo quitó. Un diamante por cada día que habían estado juntos. Le había parecido un gesto romántico, pero había sido solo eso, un gesto, propio de un hombre que quería comportarse como un buen marido. En esos momentos le pareció un gesto cínico, no podía pensar de otra manera.

Se metió en la cama y, a pesar de que estaba triste, estaba tan cansada que enseguida se durmió.

Ya entraba luz por la ventana cuando Max la zarandeó suavemente para que se despertase.

–¿Qué ocurre? –le preguntó ella con el ceño fruncido.

–Tienes que ser muy valiente –respondió él.

Tenía los ojos llenos de lágrimas y Tia lo entendió.

–¿Andrew? –exclamó.

–Ha fallecido durante la noche, durmiendo –le explicó Max–. Ha sufrido un infarto. Lo siento, Tia...

Ella sollozó. Sintió tanto dolor que le resultó insoportable. Max y Andrew habían sido su red de apoyo, pero Max la había defraudado la noche anterior. Y ya tampoco tenía a Andrew. En un mundo que en esos momentos veía gris, se preguntó cómo iba a continuar viviendo, entonces se acordó de su bebé y supo que tenía más fuerza de la que jamás se había imaginado.

Capítulo 8

TIA VIO a su madre, Inez, sentada en el interior de la iglesia y estuvo a punto de tropezar.

–¿Qué ocurre? –le preguntó Max.

–Que está aquí mi madre –le respondió ella.

–Andrew fue su suegro durante una época –dijo él–. Es normal que haya sentido la necesidad de venir.

Pero ella sabía que su madre nunca había sido una mujer religiosa, respetuosa ni sentimental. Y su presencia en el funeral de Andrew la sorprendió. Tia llevaba casi diez años sin verla. Los últimos días habían sido muy duros y Tia se había sentido triste y enfadada. Max había guardado las distancias, le había dicho a Tia que no quería molestarla y se había ido a dormir a otro dormitorio. Y Tia había vuelto a sufrir los efectos de sus inseguridades. Se preguntó si ya no atraía a Max por el hecho de estar embarazada. O si él necesitaba estar a solas para gestionar su propio dolor y la pérdida del hombre que tanto lo había ayudado cuando había sido joven y vulnerable. Y que, además, había confiado tanto en él que lo había nombrado director general de una de las principales empresas del Reino Unido.

Era típico de Max no compartir aquel dolor con

ella. Era mucho más reservado que Tia y, además, era consciente de que su único vínculo real con su mentor se debía a su matrimonio con ella. A Tia le dolió que otro acontecimiento que debía haberlos unido los separase todavía más. Ambos habían confiado en que Andrew siguiese con ellos varios meses más y por desgracia no había sido así. El corazón de su abuelo no había podido más y él se había marchado, por voluntad de Dios, decisión que ella no podía cuestionar.

–¡He venido en cuanto me he enterado para estar contigo! –dijo Inez nada más verla, interceptándola en las escaleras de la iglesia cuando hubo terminado la ceremonia–. Necesitas a tu *mamae* más que nunca.

–¿No te parece que llegas un poco tarde? –inquirió Max en tono frío.

El gesto de Inez se tensó un instante y Tia se sintió culpable porque, por primera vez en su vida, tuvo la sensación de que su madre aparentaba la edad que tenía, unos cincuenta años.

–Puedes venir a casa si quieres –se obligó a decirle.

–¿Por qué la has invitado a casa? –le preguntó Max entre dientes cuando volvieron a estar en la limusina–. El señor Cable nos está esperando para leer el testamento de Andrew y ella no puede estar presente.

–Puede quedarse con el resto de invitados –respondió Tia–. Sea lo que sea, es mi madre. Y eso debo respetarlo.

A Tia le molestaba que el funeral se hubiese organizado tan deprisa para facilitar la lectura del testamento y asegurar la estabilidad de la empresa de su abuelo.

Tomó asiento en la biblioteca, con el resto de familiares de Andrew, para asistir a la lectura. El abogado leyó en voz alta el documento, empezando por el legado a los trabajadores de la casa para pasar después a los sobrinos de Andrew. Tia vio muchos gestos de decepción y decidió no mirar a nadie mientras pensaba que en esos casos todo el mundo esperaba más de lo que iba a recibir y que ella no quería juzgar a nadie. Se hizo el silencio cuando el señor Cable empezó a leer la parte más importante del testamento.

Redbridge Hall y su contenido eran para Tia y sus hijos, junto al dinero necesario para mantenerlo, pero la mayor parte del dinero y el negocio eran íntegramente para Max. Solo habría algún cambio si Max y Tia se divorciaban e incluso en ese caso Max tendría la última palabra en cualquier decisión.

Los presentes empezaron a murmurar, sorprendidos. Tia se sintió desconcertada, pero no sorprendida. Al fin y al cabo, la prioridad de su abuelo siempre había sido que Grayson Industries sobreviviese para futuras generaciones. La empresa había sido el trabajo de toda su vida y había hecho con ella lo que había querido.

Alguien amenazó con llevar el testamento ante un juez y se insinuó que Andrew no había estado en pleno uso de sus facultades mentales, o que alguien lo había presionado, y el abogado aclaró que Andrew había tomado la precaución de pedir un informe psiquiátrico un par de meses antes para demostrar su lucidez. También añadió que su cliente había sido muy claro desde hacía años con su esperanza de que Max se casase con su nieta y se ocupase permanentemente del imperio. En aquel ambiente tan contrario a Max, Tia decidió ponerse en pie y agarrarle la mano. Para ella la última voluntad de su abuelo era sagrada y no quería que nadie pensase que no estaba de parte de Max.

Aunque él no parecía necesitar su apoyo, ni el de nadie. Sobre todo, cuando salieron de la biblioteca y las personas presentes en la lectura del testamento se mezclaron con el resto de los invitados. No obstante, Tia supo que Max y ella eran el centro de la atención.

–¿Tú qué piensas? –le preguntó Max casi en tono aburrido.

–Que Andrew quería que tú fueses su heredero –murmuró ella–. Era su negocio y tenía derecho a decidir lo que pensaba que era mejor.

Él asintió brevemente y Tia supo que tenía preguntas que hacerle acerca de lo ocurrido entre ambos en Brasil.

–Aquí podremos hablar –le dijo él, abriendo una de las puertas de una sala–. Por cierto, no sientas pena por tus primos. Andrew fue muy generoso con todos ellos antes de morir.

–Me alegra saberlo.

Tia entró delante de él en una pequeña sala de estar en la que las cortinas eran viejas y los muebles, pasados de moda. Había sido la habitación favorita de su abuela y no se había hecho ningún cambio en ella en un cuarto de siglo. Su abuelo le había contado que le gustaba recordarla allí, escribiendo cartas, y que, después de perderla, él también se había sentado frente al escritorio, para sentirse más cerca de ella.

–¿Qué piensas? –volvió a preguntarle Max a Tia–. Puedes ser sincera conmigo.

–¿Lo sabías? –preguntó ella con cautela, clavando la vista en sus atractivas facciones.

–¿El contenido del testamento? Andrew me lo contó después de que nos casásemos –admitió Max, pasándose una mano por el pelo–. Pero antes ya pensaba que nos lo iba a dejar todo a nosotros dos.

El testamento había sorprendido a Max. Él no necesitaba ser el dueño de Grayson Industries para sentirse bien consigo mismo ni para tener un futuro. Para él, Grayson Industries siempre pertenecería a Tia, que era una Grayson de nacimiento. No obstante, sí que le gustó poder tener autonomía a la hora de dirigir el negocio.

Pero lo que más lo disgustaba era que el testamento de Andrew hubiese enturbiado las aguas de su matrimonio y, dijese lo que dijese Tia, era evidente que debía de tener dudas al respecto y algo debía de desconfiar de él. ¿Sospecharía que se había casado con ella por dinero? Max decidió que tenía que ser sincero acerca del motivo por el que se había casado con ella.

Tia ya no estaba tan tensa como un rato antes.

–Nunca pensaría en ti como en un cazafortunas, Max –le dijo–. Nunca.

–Pues tal vez te equivoques –le respondió él–. Tengo que contarte la verdad. Antes de ir a Brasil a buscarte, Andrew me contó que estaba muy preocupado con tu vuelta a casa, dado que él se estaba muriendo. Le preocupaba que fueses su heredera en un mundo tan ajeno al del convento, así que me pidió que me casase contigo para protegerte.

Tia palideció al oír aquello y retrocedió un paso, consternada. Max no había elegido libremente estar con ella y la noticia hizo que se marease. Sintió que se le doblaban las piernas y se dejó caer en un sillón.

–No podía ocultártelo, *bella mia* –continuó Max–. La idea se le ocurrió a Andrew, ya has oído lo que ha dicho el abogado. Lo que yo no sabía era que llevase pensando en ello varios años antes de contármelo a mí. Yo le dije que me lo pensaría después de conocerte, pero fue verte y dejar de pensar. Supe que quería que fueses mía, que no quería que fueses de otro hombre.

Tia lo miró con sorpresa.

–Y entonces decidí, en ese momento, que eras para mí –continuó Max–. No pensé en el negocio ni en el dinero, eso me daba igual. Soy un hombre ambicioso, pero antes de conocerte ya era lo suficientemente rico como para no necesitar dinero, todo lo demás era solo la guinda del pastel. No obstante, en un breve espacio de tiempo, tú te convertiste en la guinda y en el pastel. Mi egoísmo fue intolerable. No quería que ningún otro hombre se acercase a ti.

–¿Intolerable? –repitió ella con voz temblorosa.

–Cualquier hombre más honrado habría querido que vinieras a casa y que tuvieras la libertad de conocer a otras personas. Yo no quise arriesgarme a perderte. Nada más conocerte supe que tenía que cumplir las expectativas de Andrew y cuidar de ti, y seguiré haciéndolo pase lo que pase. Cuando doy mi palabra, la cumplo. Eres mi esposa y eso no va a cambiar.

A Tia le dolió oír aquello, le hizo desear lo que no podía tener. Si Max la hubiese amado, le habría perdonado cualquier cosa, pero no la amaba. La deseaba, sí. Y Tia lo entendía, porque ella también lo había deseado con el mismo fervor nada más conocerlo, pero el deseo se había convertido en amor. Sabía que Max haría siempre lo correcto con ella, que podía confiar en él y que no se había casado con ella por su dinero.

Pero eso no cambiaba la realidad. Estaba casada con Max porque Andrew había querido que Max estuviese con ella y la protegiese. Su química sexual había hecho que Max pensase que su matrimonio podría funcionar, pero era posible que, sin la presión de su abuelo, Max nunca le hubiese pedido que se casase con él.

Y, por si todo aquello fuese poco, estaba el tema de su embarazo. Max había tenido tres días enteros para pensar, pero no había querido tocar el tema. Tia lo miró y sintió que se le rompía el corazón. Su relación no tenía futuro. Max no quería un hijo. Haría lo correcto, diría lo que tuviese que decir, pero sin amor y sin un verdadero interés por su hijo, no podría ser un buen padre. Sería tan mal padre como su padre. Tia se había pasado la vida intentando complacerlo, había intentado ganarse su amor y su aprobación, pero no había conseguido nada más que sufrir y no quería lo mismo para su bebé.

–Ahora no es el momento de hablar de esto. Tenemos la casa llena de invitados –dijo.

Y Max pensó que no le había servido de nada sincerarse con ella. La expresión de Tia era cerrada, con la mirada baja y los labios apretados. Se maldijo. No estaba dispuesto a perderla, no iba a dejarla marchar. Sobre todo, embarazada. En algún momento le contaría la historia de su propia niñez para que lo comprendiese.

Pero en esos momentos no quería estresarla más. Parecía muy frágil con aquel elegante vestido negro y Max sabía que estaba comiendo muy poco. No le gustaba el cambio de su esposa con el embarazo y, aunque sabía que no era una enfermedad, Tia estaba más pálida, delgada y cansada que nunca.

Tia no tardó en enterarse de que todo el mundo había estado hablando de ellos en el salón porque, nada más volver a él, su madre se la llevó a un rincón y le dijo:

–Llevaremos el testamento de Andrew ante un juez. Qué desgracia. Tu marido te ha robado tu herencia. ¡Es un cazafortunas! ¡Por eso no me quiere ni ver!

–De eso nada, Inez –le contestó ella con firmeza.

–¿Por qué no me llamas *mamae*, como mis otros hijos?

Tia respiró hondo.

–No quiero ser desagradable, pero nunca has sido mi madre y ahora ya es demasiado tarde. Somos dos extrañas. Yo necesité una madre de niña, ahora ya me he acostumbrado a no tenerla.

–Pero eso podría cambiar... si yo me quedase aquí, si viviese contigo –le sugirió Inez–, podríamos conocernos.

–¿Vivir conmigo? ¿Por qué ibas a querer vivir

conmigo cuando tu casa y tu marido están en Brasil? –le preguntó Tia sorprendida.

–Francisco me ha cambiado por una mujer más joven –le confesó Inez, encogiéndose de hombros–. Nos estamos divorciando y mis hijos han preferido quedarse con su padre y su futura madrastra.

Tia estuvo a punto de preguntarle cómo se sentía, después de que la hubiesen abandonado, pero se contuvo.

–Lo siento. Supongo que estás pasando por un momento difícil.

–Si me mudase contigo, todo sería mucho más sencillo –insistió Inez–. Yo no tendría preocupaciones económicas y podría seguir viviendo cómodamente.

Fue entonces cuando Tia lo entendió. Su madre solo había ido al funeral de Andrew porque pensaba que podía aprovecharse de ella. Por eso quería llevar a Max a juicio, para que Tia tuviese más dinero del que aprovecharse. Por un instante, Tia recordó la soledad de la vida del convento, cuando de niña no había tenido con quién ir a pasar las vacaciones, como el resto de sus compañeras. No le sorprendió que Inez fuese tan egoísta, lo que le sorprendió fue que aquello todavía pudiese hacerle daño y decepcionarla.

–Eso no es posible –le respondió.

–Esta es ahora tu casa –protestó Inez–. Puedes alojar en ella a quien quieras y... ¿quién mejor que tu madre?

–Su marido –dijo otra voz.

Tia levantó la vista y vio a Max.

–Tia me tiene a mí y no necesita a nadie más.

Inez hizo una mueca, pero no replicó.

–Me alegro de haberte visto, Inez –le dijo Tia en tono educado.

Y después, se alejó.

–Me siento fatal –le confesó a Max en un susurro–. No siento nada por ella. Bueno, eso no es cierto. En determinado momento me he sentido enfadada, y odio estar así.

Max se encogió de hombros.

–Ella se lo ganó al marcharse de tu lado para no volver, *bella mia*. No te culpes por ser humana.

Y, al oír aquello, Tia se sintió tranquila, miró a Max a los ojos y lo deseó. No obstante, respiró hondo e intentó controlar la sensación.

Max tragó saliva y cerró el puño dentro del bolsillo del pantalón. Tia estaba muy cansada y él quería tomarla en brazos y llevársela de allí para que pudiese descansar. No obstante, sabía que ella iba a cumplir con su deber, así que se quedó a su lado, la animó a sentarse siempre que fue posible, y se sintió aliviado cuando vio que los invitados empezaban a marcharse.

–Creo que hoy me voy a acostar temprano –le dijo Tia mientras cenaban.

–Buena idea, ha sido un día muy largo.

–Lo echo de menos –le confesó Tia.

–Yo nunca había estado en esta casa sin que estuviese él. Es una sensación extraña.

Tia se metió en la bañera y pensó en su futuro. Max no quería a su hijo y solo la deseaba a ella sexualmente. Pero ella se merecía más y no iba a conformarse con aquello. Tenía que ser fuerte y tomar una decisión. Se marcharía de allí y utilizaría la herencia de su abuela para construirse una nueva vida, la vida que posiblemente habría tenido de no haber conocido a Max. ¿Qué otra cosa podía hacer?

Max se había casado con ella, en primer lugar, para complacer a Andrew, pero Andrew ya no estaba, así que la decisión de Tia de romper aquel matrimonio no podría hacerle daño. Max no la echaría de menos. Estaría demasiado ocupado con Grayson Industries. No quería a su hijo, ni siquiera era capaz de hablar del tema. Así que la única opción que tenía Tia era marcharse.

Max no echaría de menos a un hijo que había tenido de manera accidental. El niño sí que echaría de menos tener un padre, pero, si a Max no le gustaba la idea de ser padre, ¿no sería su ausencia menos dañina que su presencia a largo plazo? Tal vez, con el paso de los años, Max sentiría curiosidad, como le había ocurrido a su madre, y comunicarse con su hijo le resultase más sencillo cuando este fuese más maduro.

Las lágrimas corrieron por sus mejillas en el opulento baño. ¿Cómo iba a poder alejarse del hombre al que amaba? Iba a ser muy difícil, aunque fuese lo mejor para ambos. Antes o después tendrían que divorciarse y serían libres de tener otras relaciones. Aunque ella no pensaba poder sentirse atraída por ningún otro hombre. De hecho, en esos momentos solo podía pensar en Max, en su piel morena, en su embriagador sabor, en cómo la atraía...

Molesta consigo misma, Tia salió de la bañera y

se envolvió en una toalla. En el dormitorio, dudó. Una noche más con Max, la última, ¿por qué no? Lo amaba, lo deseaba. Después le escribiría una carta explicándole lo que sentía, pero sin contárselo todo. Si le decía que lo amaba, Max se sentiría culpable por haberle hecho daño. No, le diría que necesitaba libertad, que la vida era demasiado corta para desperdiciarla, que siempre había soñado con vivir sola... y sería verdad, en cierto modo.

Envuelta en un albornoz, salió al pasillo y se dirigió al dormitorio que sabía que ocupaba Max. No llamó a la puerta, entró directamente y encontró a Max tumbado en la cama, en calzoncillos, viendo las noticias. Era la personificación de la perfección masculina.

–No quiero estar sola esta noche –le dijo con toda sinceridad.

Max la miró sorprendido. Se sentó y se le dilataron las pupilas al ver que Tia se desataba el cinturón del albornoz y lo dejaba caer al suelo. Le costó creer lo que estaba viendo porque Tia solía ser bastante tímida y se había quedado completamente desnuda con las luces encendidas. Su piel de porcelana brillaba, lo mismo que la melena de color miel, y tenía los pechos erguidos hacia él. A Max nunca le habían gustado las sorpresas, pero se sintió como si hubiese muerto y estuviese en el cielo. Buscó el mando a distancia de la televisión a tientas y la apagó.

–Soy todo tuyo, *bella mia* –le dijo, respirando con dificultad, excitado.

Tia se subió a la cama y se colocó encima de él, rozándole el pecho con los suyos y dándole un beso en los labios. Max la rodeó con los brazos y la apretó contra su cuerpo, queriendo tomar el control de la situación, como siempre. La colocó a su gusto en la cama y pasó las manos por su cuerpo hasta llegar al interior de los muslos.

–Quería torturarte –protestó Tia–. Se suponía que eso lo iba a hacer yo.

–En otra ocasión –rugió él, intentando controlarse mientras la acariciaba.

–¿Cuándo me va a tocar a mí? –le preguntó ella, pasando una mano por sus fuertes hombros y hundiendo los dedos en su pelo.

–Ahora mismo no estoy en condiciones de discutir contigo.

La puso de rodillas y la penetró. Ella gritó de placer y se dio cuenta, de repente, de que si todo iba tal y como había planeado sería la última vez que disfrutase de una experiencia íntima con Max. Sintió pánico y, cuando Max volvió a moverse en su interior, la sensación fue todavía más intensa. Tia empezó a sacudirse por dentro y notó que perdía el control.

–No pares –gimió, casi sin saber lo que decía, incapaz de pensar y demasiado asustada por lo que acababa de pensar como para reflexionar más.

Y Max no paró. Después de un día largo y triste, le había sorprendido que Tia acudiese a él. La pasión que había entre ambos era tan fuerte que ninguno de los dos se podía contener. Llegaron al clímax a la vez y él balbució algo en italiano.

Cuando Tia se apartó, Max alargó el brazo y la volvió a acercar a él, sabiendo que ella lo necesitaba y dándoselo porque se lo merecía, aunque a él no le gustase. No le había gustado dormir sin ella, pero había sido un sacrificio necesario porque a Tia le había afectado mucho la muerte de Andrew y él había sabido que no podría pasar la noche a su lado sin querer hacerle el amor.

–Gracias –dijo Tia–. Ha sido increíble.

–No me tienes que dar las gracias por algo que a mí también me produce tanto placer.

–Tú me las diste a mí una vez.

Max no lo recordaba.

–¿De verdad?

–Sí –susurró ella, apartándose con cuidado para salir de la cama, sabiendo que tenía que escribir una carta y hacer planes.

–Pues me equivoqué –le dijo él–. En ocasiones me equivoco sin querer.

A ella se le llenaron los ojos de lágrimas porque uno no podía equivocarse con un bebé. Su experiencia había sido mala y suponía que la de Max, también, si no, ¿por qué se negaba a hablar de su niñez? No obstante, no iba a permitir que nadie se equivocase con su hijo, aunque aquello implicase alejarse del hombre al que amaba. Su hijo no iba a sufrir las consecuencias de que ella hubiese elegido mal al hombre al que iba a amar. Era su error y no iba a permitir que su hijo pagase por él porque sabía que sería un error que lo acompañaría durante toda su niñez y que le dejaría una cicatriz imposible de sanar.

Capítulo 9

NUEVE meses después de la desaparición de Tia, Max colgó el teléfono y se quedó con la mirada clavada en su escritorio. La madre superiora le había prometido que lo llamaría si tenía noticias de Tia y no lo había hecho. Inez Santos le había dicho de malas maneras que no tenía noticias de su hija, ni las esperaba. Ronnie tampoco lo había podido ayudar. Tia no había confiado en nadie.

Su rastro se había perdido. Tia se había marchado en taxi, llevándose solo una maleta y a Teddy. El taxi la había llevado a la estación de ferrocarril, desde donde había viajado a Londres. Un par de semanas después, alguien creía haberla visto en otro tren en dirección a Devon. Max suponía que debía sentirse tranquilo porque al menos Tia tenía el dinero que había heredado de su abuela y debía de estar utilizándolo. Lo que significaba que no estaba en la indigencia. Pero no había utilizado ni una sola vez las tarjetas de crédito que él le había dado, ni había intentado acceder a la cantidad de dinero que Andrew había establecido que se le pasase todos los meses. No, había rechazado todo lo que Max y Andrew le habían dado y se había marchado.

Max no podía dejar de pensar en su carta. Había

sido tan directa, tan sincera. *En realidad, no me quieres*, había escrito. No necesitaba decir más acerca de cómo había desempeñado su función de marido. Había estado casado con Tia algo más de tres meses y aquella era la impresión que se había llevado de él. *Te casaste conmigo por Andrew*. Aquello no era cierto, pero tenía que encontrarla para poder decírselo. *No quieres ser padre*. En eso tenía razón. *No quieres a nuestro hijo*. En eso se equivocaba. Había fingido no quererlo por no admitir que tenía miedo. Tia no lo entendía porque él no le había contado lo que tenía que contarle para que pudiese entenderlo, pero ya era demasiado tarde.

Max levantó la barbilla, muy serio. Jamás sería demasiado tarde porque no iba a desistir. Cuando algo le importaba de verdad, se negaba a aceptar el fracaso. Antes o después la encontraría y se enfrentaría a su mayor reto: convencerla de que volviese a casa.

Sabía que hacer que su pequeña familia volviese a Redbridge iba a ser el mayor reto de su vida. Porque, al fin y al cabo, Tia no había querido nunca casarse con él. No había querido verse atada a un marido y, si había accedido a estarlo durante un par de meses, Max debía sentirse agradecido. Tia había querido ser libre y lo era. Lo que más le fastidiaba a Max era que, de haber ido más despacio con ella, tal vez Tia hubiese querido seguir casada con él.

Tia subió cuidadosamente la cremallera del saquito en el que dormía Sancha Mariana Leonelli y la metió en la cuna, para que durmiese mientras ella cocinaba.

La maternidad había sido una experiencia muy distinta a como ella se la había imaginado. No había estado preparada para la intensa sensación de felicidad que la iba a inundar nada más ver el pequeño rostro de su hija, ni para los nervios que iba a sentir cuando Sancha se resfriase por primera vez. No obstante, después de tres meses como madre, había empezado a relajarse un poco. Aunque todavía se emocionaba cuando Sancha la miraba con aquellos ojos oscuros que había heredado de su padre, lo mismo que el pelo moreno. A Tia se le encogía el corazón y en ocasiones le picaban los ojos porque estaba empezando a aprender que el tiempo no lo curaba todo.

Después de nueve meses separada de Max, todavía tenía el corazón roto. Aunque también había descubierto muchas cosas positivas y había trabajado duro para que los días pasasen con mayor rapidez. No obstante, ni la satisfacción de un paseo bajo el sol por los campos helados ni el trabajo duro habían conseguido que no echase de menos a Max.

Cuando más lo había echado de menos había sido al dar a luz a Sancha. Había hecho amigas en las clases de preparación al parto, así que no había estado completamente sola, pero la ausencia del hombre al que amaba le había dolido mucho, aunque supiese que Max no habría querido estar allí, con ella y con su hija.

Tia había hecho amigos en el pequeño pueblo, que en verano estaba lleno de turistas. Se había comprado una casita que tenía al lado un salón de té, y había planeado abrir el negocio en primavera. En invierno había empezado a hacer dulces típicos brasileños para las fiestas de la iglesia, y, cuando habían empezado a llegarle pedidos para cumpleaños y postres, los había aceptado y había empezado a ganar algo de dinero. Cuando había querido darse cuenta estaba vendiendo tantos que casi no daba abasto.

A Tia le asombraba que un talento que ni siquiera había sabido que tenía pudiese hacer que se ganase la vida tan bien. Había aprendido a cocinar al lado de la hermana Mariana, que había preparado deliciosos pasteles para disfrutar por las noches en el convento. Su recetario iba de la tarta de coco a la mousse de fruta de la pasión, pasando por el bizcocho de melocotón, que podía cortarse en rebanadas y tostarse para el desayuno. Tia tenía planeado hacer que las tartas y los bizcochos fuesen el eje del salón de té cuando lo abriese y, con aquello en mente, había contratado a una mujer del pueblo para que la ayudase.

Hilary era una mujer con mucha energía, a la que se le daba muy bien la repostería. Tenía experiencia en catering y había ayudado a Tia a lidiar con proveedores y clientes, y a conseguir los permisos necesarios antes de abrir el negocio.

–Sancha ha decidido dormir toda la noche para ayudarte –comentó Hilary con envidia, porque su hijo tenía tres años y todavía no le dejaba descansar.

–Y yo estoy transformada –respondió Tia poniendo los ojos en blanco–. Los primeros meses han sido duros. Solo levantarme por las mañanas ya era un reto. No podría haberlo hecho todo sin ti.

–No, no podrías haberlo hecho sin tus increíbles

dulces –replicó Hilary sonriendo–. Pocas mujeres han conseguido tanto como tú en tan solo unos meses, sobre todo, estando embarazada. ¿Piensas que tu marido querrá venir a verte?

–No lo sé –respondió Tia, incómoda.

No había podido mentir a Hilary y decirle que Sancha era fruto de una aventura de una noche, así que había admitido que su matrimonio se había roto cuando le había contado al padre de la niña que estaba embarazada.

–¿Quieres un té?

–Aunque la idea de ser padre no le gustase, seguro que siente curiosidad. Yo pensaría en darle otra oportunidad –razonó Hilary, sentándose a la mesa con una taza de té y un montón de documentos–, pero yo no puedo darte consejos. A mí tampoco me salió bien.

Tia miró por la ventana mientras daba un sorbo a su té y pensaba en lo que Hilary le acababa de decir. Sancha también era hija de Max, al que ella no le había dado ninguna oportunidad. A pesar de su falta de entusiasmo ante la idea de ser padre, tal vez existiese la posibilidad de que se ablandase al ver a su hija en carne y hueso. ¿Podía darle esa oportunidad?

¿Por qué no había pensado en lo que era justo para Max nueve meses antes? Había hecho sus propias deducciones y había actuado en consecuencia y en caliente, cosa nada sensata. Todo había ocurrido tan deprisa: la boda y el embarazo, el fallecimiento de Andrew y la lectura del testamento, el desestabilizador encuentro con su madre. ¿Habría dejado a Max si se hubiese parado a pensar en lo que iba a hacer? ¿No le habría dado la oportunidad de expresarse mejor? Su conciencia le advertía, cada vez más, que más que marcharse había huido de una situación que la había hecho sentirse atrapada e impotente.

Y, le gustase o no, Sancha también era hija de Max. Ella solo había pensado en sus derechos y había obviado los de Max. Era posible que él quisiera el divorcio y su libertad, pero Tia había desaparecido sin darle la oportunidad.

La verdad la avergonzaba: no quería divorciarse de Max y que él estuviese con otra mujer. ¿Cómo podía ser tan egoísta? Había sido ella la que lo había dejado. Max tenía derecho a ser libre, aunque, a juzgar por la información que Tia había encontrado en Internet acerca de su vida social, estaba siendo bastante discreto con su vida privada. Aunque era evidente que ella no se lo había puesto fácil, ya que en esos momentos no podía decirse que estuviese ni soltero ni oficialmente separado de ella.

Y del mismo modo en que nueve meses antes Tia había tomado las riendas de su vida, decidió que había llegado el momento de dejar de esconderse y dar la cara. Era hora de hacer frente a los retos que llevaba meses evitando. Y sabía que el primer paso que tendría que dar era ponerse en contacto con Max.

Mientras Hilary disfrutaba de su té, Tia sacó el teléfono y, antes de que le diese tiempo a arrepentirse, buscó el número de Max y le puso un mensaje con una fotografía de Sancha y su dirección, además del nombre que había estado utilizando para que no pudiesen localizarla: Tia Ramos. Ya que Ramos había sido el apellido de soltera de su madre.

Max recibió el mensaje cuando estaba en una reunión y se sintió completamente furioso al ver la primera fotografía de su hija, Sancha, que miraba a la cámara con los ojos muy abiertos y estaba demasiado seria para ser un bebé. «Sancha Leonelli», pensó Max maravillado. Y entonces leyó el mensaje y se enfadó todavía más al darse cuenta de que Tia se había desprendido del apellido Leonelli del mismo modo en que se había desprendido de su marido. ¡Y solo le había enviado un mensaje de texto! Ni siquiera se había dignado a llamarlo por teléfono. ¿Eso era todo lo que se merecía después de nueve meses de silencio? Nueve meses de incesante preocupación que habrían destrozado a cualquier otro hombre menos fuerte que él. Un mensaje... Max apretó los dientes, se puso en pie y salió de la sala de reuniones sin ni tan siquiera disculparse. Tenía que ocuparse de su mujer.

A Tia le sorprendió mucho que Max no respondiese a su mensaje. ¿Habría cambiado de número de teléfono? ¿O habría pasado página y estimaba que aquel mensaje no merecía una respuesta inmediata? Entonces, Tia se dio cuenta de que era la primera fotografía que le enviaba y lo más probable era que Max estuviese furioso con ella. La idea la inquietó y Tia intentó mantenerse ocupada después de acostar a Sancha. La cocina del salón de té tenía una puerta que daba a su casa, así que durante el día tenía a Sancha siempre cerca y por las noches conectaba el intercomunicador para poder oír a la niña si se despertaba.

Estaba preparando un pastel relleno de pepitas de chocolate cuando oyó el timbre y corrió hacia la puerta trasera para que no volviesen a llamar y despertasen a Sancha. Abrió la puerta y se quedó de piedra al ver a Max porque lo último que había esperado aquella noche era que se presentase allí sin previo aviso.

–Oh, vaya, el hada de las cocinas –comentó él en tono irónico, clavando la vista en su nariz manchada de harina.

Antes de ir hasta allí había buscado información acerca de ella y ya sabía que se dedicaba a hacer tartas y bizcochos. Y se había sentido muy molesto al pensar que él no solo no sabía que se le daba bien la repostería, sino que Tia jamás se había ofrecido a prepararle un postre.

Tia se puso colorada y dio gracias de haberse quitado el gorro de cocinera antes de abrir la puerta. No obstante, se llevó la mano al pelo inconscientemente. Max estaba impresionante bajo la luz del porche, con el pelo moreno brillante y el rostro serio. A Tia se le secó la boca.

–¿O prefieres que te llame Heidi y vas a empezar con los cantos tiroleses? –añadió él.

–¿Heidi?

Tia frunció el ceño, jamás le habían leído aquel cuento de niña. Deseó estar mejor vestida y llevar puestos unos zapatos de tacón, en vez de ir con unos vaqueros, un jersey y zapato plano.

–Debe de ser por esas trenzas que te has hecho –continuó Max, avanzando y haciendo que se apartase de la puerta para dejarlo entrar–. Así peinada parece que tienes unos diez años.

Tia retrocedió varios pasos y cerró la puerta tras él.

–Deberías haberme avisado de que ibas a venir –protestó, poniéndose a la defensiva al sentirse amenazada por su tamaño.

–Acepta mis disculpas –le respondió Max–. Tus nueve meses de silencio han hecho que me olvide de las normas de educación.

Tia volvió a ruborizarse, ya que aquello no lo podía rebatir. Se había preguntado muchas veces cómo se sentiría si volvía a ver a Max, y no había acertado ni una con la respuesta. Estaba nerviosa, con todos los sentidos alerta. Se le había olvidado lo mucho que Max la atraía, el efecto que tenía en ella, cómo se le aceleraba el corazón y se ponía a sudar cuando lo tenía cerca. Se sintió débil e incómoda y abrió bruscamente la puerta del salón.

–Siento no haberme puesto en contacto contigo antes –murmuró–. No sabía qué decirte, sé que no es excusa, pero...

–Tienes razón. No es excusa, pero yo tampoco supe qué decirte cuando me contaste que estabas embarazada y... yo pienso que ya me has hecho pagar suficiente esa falta de destreza verbal.

Ella se agarró con fuerza las manos.

–No quería que mi hija tuviese un padre que no fuese a quererla.

–¿Por qué diste por hecho que yo no la iba a querer? –le replicó él–. ¿Dónde está mi hija? Quiero verla.

–Está durmiendo.

Tia tragó saliva, no estaba acostumbrada a que Max la atacase.

Max avanzó por el pasillo.

–No haré ruido –le dijo.

–Max, yo...

–He esperado meses y no quiero esperar más –la interrumpió él con impaciencia–. ¿Cuándo nació?

Tia le dijo la fecha del nacimiento de Sancha.

–Como comprenderás, he estado muy preocupado por ti todo este tiempo –le informó Max–. Preguntándome si te encontrarías bien, si estarías yendo al médico, si te estabas haciendo todas las pruebas necesarias... He llegado a preguntarme incluso si habrías perdido al bebé.

–Lo siento. No pensé en las consecuencias de mi silencio –admitió ella en voz baja.

Subió las escaleras y al llegar a la puerta de la habitación de Sancha se apartó para dejar que Max entrase delante.

Max había pensado que su enfado menguaría al entrar en la casa, pero que su esposa lo saludase como si todo fuese normal, cuando la situación no tenía nada de normal, le había molestado mucho. Y tener que pedir ver a su hija y que esta estuviese durmiendo en una habitación minúscula tampoco había ayudado. Él había tenido muy poco de niño y quería que su hija lo tuviese todo. Y todo incluía espacio y comodidades, todo lo material que él le pudiese dar. En aquella habitación solo había espacio para una cuna y una cómoda. Estaba limpia y era adecuada, pero para Max no era suficiente.

–Los jueces no suelen mirar con buenos ojos a las madres que impiden a los padres que vean a sus hijos –comentó muy serio.

Tia se quedó helada al oír aquella amenaza.

–Cuando me marché, pensé que estaba haciendo lo que era mejor para todos. Pensé que no querías a la niña, que no querías asumir esa responsabilidad.

–Pero yo jamás dije eso, ¿no? Ni sugerí que terminases con el embarazo ni nada por el estilo –le recordó Max.

Por fin se acercó a la cuna con pasos cautelosos y bajó la vista hacia donde tenía que estar el bebé. La luz del pasillo iluminaba su pequeño rostro, las largas pestañas y sus mejillas sonrosadas, era evidente que la boca la había heredado de su madre. Max sintió que le faltaba el aire en el pecho y tuvo que hacer un esfuerzo para respirar hondo. Sancha era muy pequeña y sus mechones de pelo moreno caían de manera muy cómica en todas direcciones.

–Es... preciosa –susurró Max, y no fue capaz de decir nada más.

–Es igual que tú –le respondió Tia, nerviosa, sin poder olvidar la mención de Max a los jueces porque era consciente de lo que había hecho y le daba miedo tener que asumir las consecuencias.

–¿Qué nombre pusiste en su partida de nacimiento? –preguntó Max en tono tenso.

–Sancha Mariana Leonelli. No conozco los nombres de tu familia, así que no pude incluir ninguno –admitió ella–. Y las hermanas son la única familia que he tenido yo.

–No habría querido que incluyeses ningún nombre de mi familia –admitió él, volviendo a la puerta–. No tengo ningún buen recuerdo que quiera que pase a la siguiente generación.

Tia se mordió el labio inferior antes de responderle:

–Ya lo sospechaba.

–Por eso me resultaba tan complicado imaginarme siendo padre –le confesó Max mientras bajaba las escaleras–. En realidad, no era capaz ni de imaginármelo... Solo el concepto ya me daba miedo.

–Oh... Max –susurró Tia, con los ojos húmedos de repente–. ¿Por qué no me lo dijiste? A mí también me preocupaba la idea de ser madre. Me preocupaba no saber estar a la altura o no saber establecer un vínculo con el bebé porque... por el motivo que fuese... Inez nunca tuvo ese vínculo conmigo.

–No obstante, mi historia es mucho peor que la tuya –añadió Max en tono indiferente–. Nunca he hablado de ese tema con nadie, por eso me resulta tan complicado tratarlo. Mi tía nunca quiso saber demasiado y Andrew decía que era mejor dejar mi pasado enterrado, así que me lo guardé todo para mí.

–Pues yo no pienso que eso fuese lo correcto.

–No sé –le dijo Max, sacudiendo la cabeza, muy serio–. Tal vez, si me hubiesen animado a hablar acerca de lo ocurrido, yo me habría regodeado en ello, que habría sido peor. Al principio tenía muchas pesadillas, todavía las tengo.

–Sí, he sido testigo –admitió Tia, sintiéndose incómoda.

Max asintió.

–Pero, al margen de eso, he conseguido hacer mi vida sin mirar atrás, aunque sin pensar jamás que tendría hijos. Hay en mí mala sangre que no quería transmitirle a nadie...

–¿Mala sangre? –lo interrumpió Tia, enfadada–. ¿Quién te ha dicho eso?

–Mi tía. Carina siempre esperó que me saliese la vena violenta o criminal que había heredado de mi padre. Nunca confió en mí ni me permitió que me olvidase de aquello.

Tia pensó que no merecía la pena expresar lo que pensaba de su tía. Respiró hondo.

–¿Tu padre era un hombre violento?

–Muy violento. Era alcohólico. Aunque procedía de buena familia y era el hijo de un respetado hombre de negocios, empezó a trapichear con drogas desde muy joven. Su familia lo echó de casa y terminó con mi madre, que también fue una chica descarriada. En una ocasión me dijo que yo había sido fruto de una violación –admitió Max entre dientes–, pero yo pienso que era la excusa que ponía porque le daba vergüenza haber tenido una relación con semejante hombre. En cualquier caso, jamás lo sabré porque los dos se han llevado la verdad a la tumba.

–Oh, Max –murmuró Tia, sintiéndose fatal por él–. Me parece horrible decirle algo así a un niño inocente.

Max se quedó inmóvil junto a la ventana, con los hombros muy rígidos.

–Él la mató cuando yo tenía doce años, durante una de sus frecuentes peleas por culpa del dinero. Yo estaba presente cuando ocurrió. Lo encerraron de por vida, por eso yo acabé en Inglaterra con mi tía. Mi padre murió en la cárcel varios años después.

La brutal sinceridad de Max dejó a Tia sin saber qué decir. Max había visto cómo su padre mataba a su madre y había tenido que irse a vivir con su tía.

–Debiste de quedar traumatizado –balbució por fin.

–Completamente, pero lo superé y aprendí a vivir de nuevo –le respondió él, sin querer aceptar su compasión–. Si te soy sincero, mi nueva vida resultó ser mucho mejor que la anterior. Tenía comida, una cama cómoda, no me pegaban, no veía a la policía ni me acosaban en el colegio. Fue un camino de rosas en comparación con lo que había vivido antes.

–Lo siento mucho, Max –le dijo Tia–. No tenía ni idea.

–No podías saberlo. Es una información que no comparto con nadie. Es mi pasado, Tia, no mi presente. Solo te lo he contado para intentar explicarte el motivo de mi falta de entusiasmo cuando me anunciaste que iba a ser padre. No he tenido una figura paterna a la que emular. El primer hombre que me sirvió de ejemplo, más adelante, fue Andrew, que tampoco resultó ser la persona que yo pensaba. Me daba miedo no ser un buen padre.

–Pero tú no eres tu padre. No eres una persona violenta. Ni siquiera esta noche, que estabas furioso conmigo, me he sentido físicamente amenazada por ti.

Deseaba preguntarle en qué aspecto lo había defraudado su abuelo, pero pensó que no era el momento.

–Eres un hombre honrado, responsable y que respeta las leyes.

–Y, no obstante, mi esposa me ha dejado y se ha escondido de mí todo el tiempo que ha podido –respondió Max–. ¿Adónde nos lleva eso?

–Eso es otra historia –respondió Tia consternada–. Si me marché, lo hice por mí misma, no por ti. Me sentía insegura y confundida con toda mi vida en general. Todo había cambiado muy deprisa, Andrew acababa de fallecer y a ti te asustaba mi embarazo...

–No me asustaba –replicó él enfadado.

–Sí que te asustaba –lo contradijo Tia–. Un primer bebé es un cambio enorme en la vida de una mujer. Yo necesitaba que deseases a ese hijo tanto como yo porque ninguno de los dos habíamos sido hijos deseados. Quería que nuestro hijo tuviese todo lo que nosotros no habíamos tenido, empezando por unos padres que le diesen amor.

–Pero si no me diste la oportunidad –argumentó Max muy serio–. Andrew acababa de fallecer y yo no quería hablarte de mi sórdido pasado, ya tenías bastante con lo que tenías. Estabas embarazada, así que intenté que mi historia no te afectase.

–Así que decidiste actuar como si no ocurriese nada –le dijo ella–. No pude soportarlo. Nos habíamos casado demasiado pronto, me había quedado embarazada demasiado pronto, tenía que pensar en mi hijo y tenía que ser fuerte. Y contigo cerca no podía ser fuerte porque tú me cuidabas demasiado, no me dejabas aprender a cuidarme sola. Entonces pensé en Inez, que siempre había dependido de un hombre... y decidí que no quería eso para mí, que yo no iba a ser una mujer débil.

–Apoyarte en mí no es una muestra de debilidad –gruñó Max.

Sonó el timbre.

–¿Quién es?

–Probablemente, un cliente que viene a recoger su pedido –recordó Tia–. Quédate aquí mientras lo atiendo.

Pero Max sentía tanta curiosidad por la vida que Tia se había creado lejos de él que no pudo quedarse allí. La observó mientras saludaba a un hombre de unos treinta años y ambos entraban juntos en la cocina a recoger varias cajas. Los oyó charlar como si de dos viejos amigos se tratase y se enfadó tanto que volvió al salón mientras Tia se despedía del otro hombre.

–¿Quién es? –le preguntó Max cuando volvió–. Estaba coqueteando contigo.

–¿Eso piensas? No es verdad –respondió ella divertida.

En los últimos meses había aprendido mucho. Ya sabía cuándo un hombre quería algo con ella, cuándo era mejor ignorar una broma subida de tono o poner distancia.

–Está casado y tiene cinco hijos. Es el cumpleaños de uno de ellos y la tercera vez que me encargan la tarta, así que lo conozco bastante bien.

–¿Y a cuántos otros hombres conoces bien? –inquirió Max en tono frío.

Tia lo miró sorprendida.

–Me gusta la sinceridad, por eso te lo pregunto –añadió él.

Tia se ruborizó.

–No he estado con nadie... –admitió–. Soy muy consciente de que sigo casada.

–Sí, ambos hemos estado viviendo en el limbo desde que te marchaste. Si querías ser libre, Tia, tenías que habérmelo dicho. Nos podríamos haber separado con mucho menos estrés.

Tia palideció.

–¿Es eso lo que quieres? ¿La separación?

Max la miró fijamente.

–Todavía estoy tan enfadado contigo que no sé ni lo que quiero.

–¿Enfadado?

–Muy enfadado –le confirmó él sin dudarlo–. Tal vez a ti se te haya olvidado aquella última noche, pero yo la sigo recordando.

A Tia le ardió el rostro.

–Lo último que esperaba a la mañana siguiente era tu carta. ¿Por qué aquella última visita a mi cama?

–Prefiero no hablar de eso.

Max se colocó en la puerta para no dejarla salir.

–Me temo que vas a tener que hablar de muchas cosas incómodas antes de que me marche. Me merezco la verdad, Tia. Yo siempre he intentado ser sincero contigo.

Tia le dio la espalda, avergonzada.

–Porque te deseaba, y ya está –exclamó.

–Eso me parece bien, pero no entiendo que te marchases así –admitió Max–. Y que no me dieses la oportunidad de dar respuesta a tus inquietudes también fue muy injusto. No hay palabras para describir lo preocupado que he estado por ti todos estos meses. La prensa especuló con que me habías dejado porque yo me había gastado tu herencia, y se regodeó comparando tu vida en el convento con la mía, de libertad sexual.

–¡No tenía ni idea! No suelo leer la prensa y he sido muy discreta. Creo que solo hay una fotografía mía, la de la noche del aniversario de Grayson Industries, y nadie ha asociado a aquella joven elegante con la mujer que soy ahora. He intentado no llamar la atención con mi aspecto.

Max no supo si debía decirle que por mucho que se esforzase nada podía restarle perfección a su rostro, claridad a su piel ni flexibilidad a su cuerpo.

–Es decir, que estás viviendo una mentira aquí con Sancha –sentenció Max.

–¿Qué quieres decir con eso? –inquirió ella.

–Que, hagas lo que hagas, tienes una herencia y eres una mujer rica, y eres mi esposa. No puedes huir de lo que eres, salvo que vuelvas a Brasil, al convento. Esta es tu vida, y la mía.

Se oyeron unos ladridos desde el exterior y Tia reaccionó inmediatamente.

–¡Me había olvidado de Teddy! Lo he dejado salir al jardín mientras guardaba esos pasteles.

Pasó al lado de Max para ir a buscar al animal, que entró con ella y se quedó inmóvil y gruñendo nada más ver a Max, pero después se acercó a olerle la pernera del pantalón.

–Seguro que has conocido a personas peores en este tiempo –comentó Max, dándole una palmadita en la cabeza.

–Se ha acostumbrado a estar con otras personas. Lo saco a pasear todos los días –comentó Tia, yendo y viniendo por la habitación–. ¿Qué vamos a hacer ahora, Max?

–¿Quieres que te sea franco? –le preguntó él–.

Quiero que vengas a casa conmigo, para poder conocer a mi hija.

–Redbridge Hall no es mi casa –replicó Tia.

–Llevo nueve meses pagando a tus empleados, pero, legalmente, Redbridge es tuya hasta que la vendas o dispongas de ella de cualquier otro modo. Es posible que el testamento no te permita venderla, porque Andrew quería que la propiedad permaneciese en la familia –le recordó Max.

–¿Tú has estado pagando a los empleados?

–Alguien tenía que asumir esa responsabilidad –respondió él–. Tu abuelo daba trabajo a muchas personas, pero supongo que tú querrás reducir ese número en algún momento y adaptarlo a tus necesidades.

Tia había palidecido.

–No lo había pensado.

–No, por supuesto que no. No habías tenido empleados nunca, pero ahora que los tienes, los debes cuidar. Y hay decisiones pendientes que yo no he podido tomar porque no soy el dueño de la finca.

Tia se sonrojó.

–Lo siento mucho, Max. Tenía que haber pensado en todo eso.

–La buena noticia es que Grayson Industries va viento en popa y los beneficios van a ser enormes este año porque yo no he hecho otra cosa más que trabajar –añadió Max en tono irónico.

Tia se dejó caer en un sillón. Era normal que Max quisiese que volviese a Redbridge y que lo liberase de un peso con el que nunca había tenido por qué cargar. Se sentía avergonzada por no haber pensado en aquello.

–Los beneficios me dan igual –declaró.

Max se agachó delante de ella y la miró fijamente a los ojos.

–Pero a miles de personas que trabajan para Grayson Industries no les da igual –replicó–. Y es todo tuyo. Yo estoy al mando, trabajo, pero al fin y al cabo los beneficios son tuyos, no míos.

–No es eso lo que quería Andrew –le contestó ella.

Max juró en italiano.

–Me da igual lo que quisiese Andrew. Yo solo voy a aceptar mi sueldo y el paquete de bonificaciones que me corresponde. No voy a vivir de mi mujer, o de mi exmujer... sea lo que sea lo que quieras ser.

A Tia le sorprendió todavía más aquella declaración. Max se incorporó de nuevo, con los músculos muy tensos, y ella se dio cuenta de que se le había acabado la paciencia y quería respuestas ya, pero estaba bloqueada por la negativa de Max a aceptar un dinero que no consideraba suyo.

–¿Qué es lo que quieres ahora, Max? –murmuró–. No me lo has dicho todavía.

Max se quedó inmóvil. Intentó calmarse un poco y pensar en qué quería en esos momentos. La miró y se dio cuenta de que era algo muy, muy básico.

–Quiero que te deshagas esas trenzas. Y quiero sexo. Llevo nueve meses esperando, no había estado tanto tiempo en el dique seco desde que soy adulto.

Ella se ruborizó, sorprendida por la respuesta. Sintió calor en lugares en los que había dejado de pensar desde que había dejado a Max. Había reprimido aquella parte de ella, su lado sensual, que solo salía en los sueños, cuando no lo podía controlar. Miró a Max, maravillada por su sinceridad, porque le había pedido claramente lo que quería, porque no veía motivos para negar la atracción que seguía habiendo entre ellos.

Capítulo 10

Y DADO que he empezado a ser sincero, voy a continuar –le dijo Max entre dientes–. También quiero vivir bajo el mismo techo que mi hija. Y en eso no voy a negociar. Me he perdido tres meses de su vida y, sin que sea culpa mía, soy un desconocido para ella. Esto tiene que cambiar, cuanto antes. Volveremos a Redbridge Hall mañana.

–¡Eso es imposible! –exclamó Tia, poniéndose en pie de un salto–. Estoy a punto de abrir mi salón de té y tengo un montón de encargos.

–También tienes una compañera de trabajo muy competente y puedes permitirte el lujo de contratar a otro empleado que ocupe tu lugar. Como ves, he hecho los deberes antes de venir aquí –comentó Max en tono frío.

–Pero no lo entiendes... Salsa Cakes es mi negocio.

–No, tu negocio es Grayson Industries –la contradijo él sin dudarlo–. No esto. Tienes que volver al mundo real, Tia. Perteneces a una de las familias más ricas del Reino Unido y no puedes huir de tu legado.

–¡No he huido! –exclamó ella, cerrando los puños.

–Eso es cosa tuya. Lo siento, pero eres rica y estás

casada con un bastardo que te haría suya siempre que pudiera. Asúmelo, *bella mia*... yo ya lo he hecho.

Un llanto de bebé rompió el silencio.

–Será mejor que suba a por Sancha –masculló Tia, confundida por el cambio de actitud de Max.

Corrió al piso de arriba, sacó a su hija de la cuna y volvió al salón más despacio. Max se acercó y su gestó se ablandó, Tia lo desconcertó poniéndole a la niña en brazos.

–Max, esta es Sancha... Sancha, papá. No sabe prácticamente nada de bebés.

–Pero aprendo con mucha rapidez –replicó él, colocando a la pequeña para que apoyase la cabeza en su hombro mientras le acariciaba la espalda.

–Tengo que calentar el biberón... y... y... cambiarla...

–¿No le das el pecho?

–Empecé dándoselo, pero tuve problemas y cambié al biberón, que le encanta –le explicó Tia, antes de dejarlo solo con la niña.

Max se sentó y estudió a su hambrienta hija, que intentaba tomar aire entre sollozo y sollozo. La sacó del saquito de dormir en el que estaba metida y vio cómo se movía su pequeño cuerpo. Sorprendido, se dio cuenta de que ya casi no estaba enfadado. Lo había ayudado contarle a Tia cómo se sentía. Y tener a su hija en brazos, todavía más. De repente, ya no le importaba aquel pasado que siempre lo había perseguido. Compartir su historia había sanado aquella enfermedad que había llevado dentro. Y en esos momentos estaba deseando vivir como adulto, con su preciosa mujer y su igual de bella hija.

«Mi hija», pensó maravillado, estudiando al bebé que tenía en los brazos. Tenía el pelo y los ojos oscuros como él, pero la forma de estos, la boca y la pequeña nariz eran de su madre. Una madre bellísima. Max respiró hondo. Había sido fiel a la verdad. De repente, cayeron sobre él todos los meses pasados sin Tia. Sin ella, no merecía la pena vivir.

Tia intentó analizar todo lo que Max le había dicho que quería, sexo y vivir con su hija, y pensó que, independientemente de su historia, aquello era inaceptable.

El problema era que... la vida sin él tampoco era aceptable, porque ella no era feliz. Le costó admitirlo, después de lo duro que había luchado por su independencia. Adoraba a su bebé, le encantaba su casa y el negocio que estaba montando, pero no podía vivir sin Max. No había nada que pudiese hacerla más feliz que saber que Max estaba en la habitación de al lado, con su hija. Aunque estuviese enfadado, tenerlo cerca era un sueño hecho realidad. Todavía lo amaba. No se había olvidado de él. Era verlo y volver a desearlo, sentirse viva de repente después de meses sin ningún aliciente. ¿Podía conformarse con el deseo? Porque, al parecer, era lo único que podía ofrecerle Max.

–Te enseñaré a alimentarla –dijo Tia, dándole el biberón y mostrándole el ángulo en el que debía colocarlo–. A estas horas se lo toma muy deprisa.

Y Max se puso en una postura más relajada y dio el biberón a su hija, mientras Tia los miraba y sentía calor en su corazón, porque se había temido que su hija jamás tendría un padre, por su culpa. Después, Max la siguió al piso de arriba y observó.

–Has dicho que mi abuelo no había sido el hombre que tú pensabas –le recordó Tia en voz baja–. ¿Qué has querido decir?

–No tenía que haber dicho eso –admitió él.

–Sea lo que sea, cuéntamelo. Estoy segura de que Andrew no fue un santo. Nadie lo es –añadió Tia en tono irónico.

–¿No te diste cuenta del interés que suscitaba durante la cena el tema de mi tía la noche que llegaste? –le preguntó Max.

–Lo cierto es que sí.

–Un día, de adolescente, salí del colegio antes de la hora y al llegar a casa vi a Andrew besando a mi tía. Me horrorizó verlo –le confesó Max–. Y me dio mucha vergüenza. Nunca se habló del tema, pero creo que tuvieron una relación durante años.

–¿Nunca le preguntaste a Andrew? ¿Ni siquiera después de la muerte de tu tía?

–Nunca –le confirmó Max–. Pienso que no fue una gran historia de amor, sino dos personas solas, que se hacían compañía. Andrew estuvo deprimido mucho tiempo después de la muerte de su esposa y, aunque tanto él como mi tía eran muy discretos, gran parte de la familia estaba al corriente de la relación y la veía como a su amante.

Tia arrugó la nariz.

–Eso debió de ser muy incómodo para ti.

Max se encogió de hombros.

–Yo estaba acostumbrado a oír murmullos a mis espaldas. Cuando vivía en Italia muchas personas despreciaban a mis padres por su estilo de vida y, en consecuencia, a mí. También estaba acostumbrado a los secretos. Y era lo suficientemente inteligente para saber que si Andrew estaba pagando mi educación en un buen internado era porque no le apetecía tener en casa a un adolescente todos los días, pero no puedo quejarme porque me beneficié de aquella educación.

–Me sorprende que no se casase con ella.

–Casarse con el ama de llaves no era su estilo –opinó Max.

Salieron al pasillo y Tia se giró hacia él.

–Me imagino que vas a pasar aquí la noche.

–Sí. He traído una bolsa de fin de semana. Voy a buscarla al coche.

Dado que la casa solo tenía dos dormitorios y que en su cama cabían los dos, Tia no pudo evitar ponerse nerviosa. ¿A qué estaba jugando? ¿En qué estaba pensando? Era evidente que tendría que volver a Redbridge Hall y lidiar con la situación allí. Aquella era, sin duda, su responsabilidad.

Y Max le estaba pidiendo vivir con Sancha, derecho que, como padre, le correspondía. Su hija tendría una relación normal con su padre y a Tia, que no podía imaginarse el futuro sin Max, le parecía bien.

–¿Puedo darme una ducha?

Tia volvió al presente y le enseñó a Max dónde estaba el cuarto de baño.

Él había llevado una bolsa de viaje y, teniendo en cuenta que en el pueblo no había muchas posibilidades de alojamiento, Tia se dio cuenta de que Max había ido allí decidido a no aceptar un no por respuesta. Había ido dispuesto a darle un ultimátum.

Ya se lo había advertido el día del funeral. «Tú te convertiste en la guinda y en el pastel... No quería que ningún otro hombre se acercase a ti».

¿Habría sido su burda manera de decirle que la quería? En cualquier caso, el tiempo no había cambiado a Max en lo esencial, y ella se alegraba. No quería engatusarla con palabras bonitas ni cumplidos, era sincero, cualidad por la que Tia lo amaba.

En cuanto Max salió de la ducha con la camisa abierta, dejando ver parte de su pecho bronceado, Tia entró al baño. Max tenía razón: había huido de Redbridge apoyándose en la excusa de que él no quería un hijo. Lo cierto era que Tia había necesitado espacio y tiempo a solas para poder pensar y terminar de madurar. En esos momentos sabía que podía vivir su sueño, pero que su sueño no sería perfecto si en él no estaba Max. Aunque ella no apareciese en ninguno de los sueños de Max, se dijo que tendría que conformarse con lo que él pudiese darle, si eso significaba poder vivir con el hombre al que amaba y que su hija tuviese el padre que se merecía.

Se cepilló el pelo, que caía sobre sus hombros haciendo ondas después de quitarse las trenzas. Y, con el corazón acelerado, entró en el dormitorio.

–Tú no puedes subir a la cama –le estaba diciendo Max a Teddy.

–Me calienta los pies cuando hace frío por las noches.

–No –insistió Max mirándola.

Tia lo vio incorporarse, vestido solo con unos calzoncillos de seda, y se quedó sin aliento, pero apartó la mirada y tomó a Teddy para llevarlo a su cesta.

–Es muy insistente. Esperará a que estemos dormidos para subir –le advirtió a Max.

Él se metió en la cama y ella lo observó como una colegiala enamorada.

–¿Por qué has traído una bolsa de viaje? –le preguntó en un murmullo–. ¿Cómo sabías que ibas a quedarte?

–Sabía que, cuando te viese, no querría volver a separarme de ti. No puedo arriesgarme a que desaparezcas otra vez.

Tia lo miró con sorpresa.

–Pero si he comprado esta casa. ¿Cómo iba a marcharme de aquí de repente, por capricho?

–Ya lo hiciste una vez –le recordó Max–. Y no voy a arriesgarme a perderos a mi hija y a ti de nuevo.

Tia sintió vergüenza.

–No volvería a hacerte algo así –le dijo mientras se metía en la cama, mirándolo a los ojos–. Te prometo que no lo volveré a hacer.

Max bajó la vista a sus dulces labios y se puso tenso. El deseo interfirió en su cerebro y se dio cuenta de que la intensa atracción que había entre ambos lo había obnubilado desde la primera vez que la había visto, pero no iba a volver a ocurrir.

Ella levantó una mano que parecía moverse por voluntad propia y pasó el dedo índice con suavidad por la curva de su labio inferior, y se estremeció, sintió un cosquilleo entre los muslos que la obligó a apretarlos con fuerza. Max la miró en silencio. La tensión reinaba en el ambiente.

Entonces, Max mordió el anzuelo, aunque Tia ni siquiera hubiese sido consciente de que le había lanzado un anzuelo, y se inclinó para besarla con tal intensidad que Tia no pudo respirar. La tumbó en la cama, aplastándole los pechos, y la besó hasta hacer que sus labios estuviesen henchidos.

–¿Quieres...? –preguntó Max, dándole la posibilidad de echarse atrás.

–Te quiero a ti –respondió ella, levantando las piernas para abrazarlo por la cintura y ayudarlo a penetrarla.

Hicieron el amor de manera salvaje y apasionada, porque era lo que ambos necesitaban, y después Tia lo abrazó. Se sentía agotada, pero completamente feliz.

Max volvió a preguntarse si se habría equivocado otra vez. Se sentía como si tuviese un adorno de delicado cristal en la mano y lo hubiese roto de manera accidental. Nunca sabía qué hacer con Tia, ni qué decirle. Cuando intentaba ser sincero le salía mal, así que utilizaba el silencio por precaución. No obstante, la certeza de que se despertaría entre sus brazos al día siguiente le hizo sonreír aliviado. Tia lo estaba abrazando con fuerza y eso le gustaba. Teddy lo miraba mal desde su cesta, pero no había nada que pudiese estropear el buen humor de Max.

No sabía nada acerca del amor. Max no había crecido con un ejemplo que seguir, reflexionó Tia, y, cuando lo había intentado, le habían hecho daño. Sin embargo, ella estaba segura de que lo que había visto en la mirada de Max cuando el había tomado a Sancha en brazos por primera vez había sido el comienzo del amor. Y, si podía amar a su hija, también podría aprender a amarla a ella. Poco a poco, se dijo, poco a poco.

Max se despertó al día siguiente con su esposa y un terrier en la cama. El último se había subido en mitad de la noche y no se había colocado precisamente a sus pies, sino entre Max y Tia, cual cinturón de castidad canino. El teléfono de Max estaba sonando y su hija, llorando, así que se levantó de la cama y dejó a Tia durmiendo profundamente.

Se sintió muy orgulloso de ser capaz de prepararle el biberón a Sancha siguiendo las instrucciones al pie de la letra. Le dio a Teddy un trozo de bizcocho y este se apostó a sus pies mientras le daba el desayuno a Sancha. Después, volvió al piso de arriba con la pequeña para cambiarla de ropa, lo que resultó el mayor reto de su vida porque Sancha no dejaba de moverse, pero consiguió ponerla limpia y abrigada, que era lo importante. Entonces hizo por teléfono las gestiones necesarias para que se llevasen las pertenencias de Tia a Redbridge Hall.

Tia bajó las escaleras corriendo, presa del pánico, al no encontrar a Sancha en su cuna y entonces vio a Max que la miraba con gesto orgulloso y a la niña tranquilamente en la cuna de viaje, vestida con un trajecito que le quedaba dos tallas grande.

–¿Por qué no me has despertado? –le preguntó.

–Porque quiero implicarme todo lo que pueda –respondió él–. Tienes que darte cuenta de que juntos lo podemos hacer mejor y que yo puedo hacer tanto como tú. He decidido que voy a dejar de trabajar dieciocho horas al día ahora que vuelvo a teneros en mi vida. Porque doy por hecho que vuelvo a tenerte en mi vida, ¿no?

–Sí –murmuró ella.

Vio inseguridad en la mirada de Max, que todavía no confiaba en ella, en que no fuese a desaparecer otra vez, algo normal dadas las circunstancias.

Tardaron dos días en marcharse de su casa, dos días de preparativos y organización con Hilary, que se quedaría al frente de Salsa Cakes y abriría el salón de té cuando llegase el momento, con el respaldo económico de Tia.

Era el final de la temporada de nieve cuando llegaron a Redbridge Hall. Los árboles estaban blancos, y el aire era helador. Tia entró en el salón, donde estaba encendida la chimenea, y sintió que llegaba a casa por primera vez.

–Es nuestro primer aniversario de boda –le recordó Max con satisfacción.

–¿De verdad? –exclamó ella, avergonzada por haberlo olvidado.

–Pero me temo que, como no sabía que ibas a estar aquí, no he preparado nada especial.

–No te preocupes. El hecho de que estemos aquí los dos juntos ya es lo suficientemente especial –respondió ella en un susurro mientras subían las escaleras con Janette, el ama de llaves, a ver la habitación que habían preparado para la niña.

–Habrá que decorarla –comentó Max.

–Es perfecta –insistió Tia, consciente del trabajo que habían hecho para convertir una habitación de adultos en un lugar adecuado para un bebé.

Habían sacado una cuna que parecía muy antigua y le habían puesto un colchón y una colcha nuevos. Dentro, Sancha parecía casi una muñeca. Tia buscó en las maletas lo esencial para que la niña pudiese estar cómoda.

–Deberíamos contratar a una niñera –sugirió Max–. Cuando Andrew estaba enfermo nos quedábamos en casa todas las noches para no dejarlo solo, pero ahora me gustaría volver a tener vida social y habrá días en los que te quedes conmigo en el piso de Londres. Necesitamos más flexibilidad.

Tia asintió pensativa. No se imaginaba teniendo una niñera, pero quería pasar el mayor tiempo posible con Max.

Él apoyó una mano en su espalda para conducirla hasta el que sería su dormitorio.

–He renovado esta habitación. Era muy oscura y triste.

–Pero enorme –comentó Tia, estudiando la nueva decoración con aprobación–. Está mucho mejor así.

–Y tengo un regalo para ti –murmuró Max, señalando un paquete que había encima de la mesa.

Tia sonrió y empezó a romper el papel de regalo. Dentro había un cuadro.

–Es el árbol genealógico de la familia Grayson –le explicó él–. He pensado que te gustaría ver exactamente de dónde vienes y quiénes eran tus antepasados.

Los nombres estaban escritos con una caligrafía exquisita y había flores pintadas a mano en los bordes. Era un regalo hecho con mucho cariño y a Tia se le encogió el corazón al verlo porque aquella era una información que siempre se le había negado de niña, ya que su padre siempre le había dicho que jamás viajaría a Inglaterra.

–Es precioso, Max. Gracias –le dijo con toda sinceridad–. No sabes lo mucho que significa para mí. También me gusta mucho lo que has hecho con la habitación.

–No la he utilizado desde que te marchaste, aunque he estado viniendo aquí todos los fines de semana, para dar algo de trabajo a los empleados.

Tia lo miró fijamente.

–Todavía no te he dado las gracias por eso... por cuidar de todo en mi lugar.

–Es mi trabajo. A eso me dedico. Llevo toda la vida ocupándome de las cosas de los demás... de su dinero, de sus negocios, pero por ti es especial, no lo siento como si fuese trabajo.

–¿Y por qué piensas que te ocurre eso? –le preguntó ella esperanzada.

Max la miró sorprendido.

–Porque eres mi esposa y este es tu hogar.

–Y el tuyo también –le recordó Tia–. Cuando nos casamos yo no tenía nada, y tú ya no eres el sobrino del ama de llaves. Eres el hombre al que Andrew eligió para dirigir Grayson Industries y el hombre al que le pidió que se casase conmigo.

–De eso último no me arrepiento. Sobre todo, ahora que te tengo de vuelta aquí.

–¿De verdad que no te arrepientes de haberte casado conmigo?

–No, solo me arrepiento de que nos casásemos tan deprisa, y odio haberme perdido tu embarazo y no haber estado a tu lado cuando diste a luz a Sancha.

–Yo pensé que todo eso te haría sentir incómodo.

–¿Por qué, si es nuestra hija? –preguntó Max–.

Tal vez algún día quieras que tengamos otro hijo y entonces lo compartiremos todo desde el principio.

–Tal vez dentro de un año o así... Todo será más fácil contigo a mi lado –admitió Tia–. La verdad es que... tal vez no lo parezca, pero te quiero mucho, Max.

–Y tú ya sabes lo que siento por ti y, no obstante, no quisiste quedarte a mi lado.

–¿Cómo que ya lo sé? ¿Qué quieres decir? –le preguntó Tia sorprendida.

–El día del funeral te dije que jamás habría otra mujer en mi vida, que tú eras «la mujer» para mí –respondió él.

–Me dijiste que era el pastel y la guinda –recordó Tia–. ¿Querías decirme con eso que te habías enamorado de mí?

–¿Qué iba a querer decir si no? –le preguntó Max–. *Dio mio*, admití que no soportaría perderte, que no quería que estuvieras con ningún otro hombre. ¿Qué otra cosa iba a querer decir?

–Pues no lo entendí –admitió ella–. ¿No te das cuenta? Si hubiese sabido que me querías, jamás me habría marchado. Pensé que solo hablabas de sexo.

–El sexo es espectacular, pero no hay nada mejor que tenerte en mi vida, en casa, sonriéndome. ¿De verdad me estás diciendo que no te habrías marchado si yo te hubiese dicho que te quería? Te regalé un collar con tantos diamantes como días llevábamos casados, pensé que mis sentimientos eran obvios –añadió Max con incredulidad–. Esa semana te noté más distante, es verdad. Entonces llegó la lectura del testamento y sentí como si Andrew me hubiese apuñalado por la espalda y que todo era imposible.

A Tia se le escapó un sollozo.

–Oh, Max. El dinero me da igual, nunca me ha importado. Ni siquiera sé qué hacer con él ni con Grayson Industries. Lo único que he querido siempre es a ti y llevo meses destrozada, intentando vivir sin ti, pero no podía ni era capaz de admitirlo.

–Tia... Tia... –dijo Max, tomando su rostro con manos temblorosas–. Para mí fue amor a primera vista. No podía controlar mis sentimientos. Te quería a toda costa, pero me sentía como un miserable por haberme acostado contigo tan pronto y haberte coaccionado para que nos casásemos cuando en realidad tú no estabas preparada. Haría cualquier cosa por verte feliz y convencerte de que te quedases conmigo. Te necesito.

–Y yo te necesito a ti –le respondió Tia, lanzándose a sus brazos–. ¡Fue amor a primera vista y no me lo habías dicho nunca!

–Es un tema del que no hablo. Además, si te lo hubiese dicho habrías pensado que estaba loco porque todavía no nos conocíamos –argumentó Max muy serio.

–En ese caso, ¡yo estaba loca también! –le dijo ella, cubriendo su desconcertado rostro de besos–. Sentí lo mismo que tú, Max, no puedo quererte más.

–Te he querido durante los nueve tristes meses que no has estado aquí –admitió él–. Mira que enamorarme de una desertora...

–Te prometo que no volveré a marcharme jamás –le dijo Tia.

–¿Cómo es posible que te marcharas, si me querías? –le preguntó él.

–Quería que nuestra hija tuviese un padre que la

quisiese, y pensé que tú no querías tener hijos y que, probablemente, te sintieses atrapado porque Andrew te había coaccionado para que te casases conmigo.

–No me habría casado contigo si no me hubiese enamorado locamente de ti. Sabía lo que quería Andrew, pero siempre tomo mis propias decisiones, y cuando conocí a aquel impresionante ángel brasileño... Fue verte y saber que no quería estar con ninguna otra mujer.

Max se quitó la chaqueta.

–Pero no me lo dijiste ni me lo demostraste –se lamentó Tia.

Y él se lo dijo en italiano mientras Tia le desabrochaba la camisa.

–No. No sé italiano. Dímelo para que te entienda.

–Eres muy dominante –comentó él.

–Por favor... dímelo.

–Te quiero –dijo Max por fin–, pero no me di cuenta de lo que sentía hasta que no era ya demasiado tarde.

Aquella noche, Teddy durmió a la puerta de la habitación porque nadie se levantó a abrirle por mucho que lo intentó. A la noche siguiente se metió debajo de la cama, pero Max lo oyó roncar y lo echó fuera de madrugada. La tercera noche se sentó a llorar delante de la puerta y consiguió que Max le abriese. Se sintió satisfecho con el avance, aunque su objetivo era conseguir un lugar en la cama y era un animal muy testarudo.

Dos años y medio después, Tia estudió el pastel que se preparaba tradicionalmente en Brasil para Navidad y que ella había hecho para Max. Era su favorito, aunque le gustaban todos. Tia había abierto otro Salsa Cakes en Redbridge y le iba muy bien. Su prima, Ronnie, se había convertido en su mejor amiga y le llevaba la contabilidad.

Tia siempre estaba ocupada, pero tenía tiempo para estar con Max. Y habían encontrado a una niñera maravillosa para ayudarla. Además, organizaba actos para recaudar fondos para el orfanato del convento, participaba en otros eventos solidarios y, con Max como consejero, había instalado en el sótano un taller en el que se realizaban objetos artesanales y artículos de tocador con plantas del Amazonas. El convento prosperaba y ella iba de visita de vez en cuando. Como norma, Max iba a recogerla y pasaban un par de días relajándose en Río.

Su madre iba a casarse en un par de semanas por tercera vez, y Tia iba a asistir a la boda. Inez había accedido por fin a hablar a sus hijos de la existencia de Tia y ella ya conocía a sus hermanastros y se llevaban bien.

Aunque Tia tenía su propia familia, la que había formado con Max y Sancha, y estaba esperando un segundo bebé. Max estaba entusiasmado con la idea.

La atracción seguía siendo muy fuerte entre ambos a pesar de los cambios de su cuerpo y Tia no podía evitar pensar que su abuelo le había elegido muy bien el marido. Max era un padre estupendo, un buen marido y, en general, un hombre muy familiar.

El pasado ya no lo atormentaba, había aprendido que podía tener lo que quisiera si se esforzaba en conseguirlo. Había formado una junta directiva que lo ayudaba a dirigir Grayson Industries y había establecido a su familia como prioridad.

Era el día de Nochebuena y Tia recolocó el belén de la entrada. Había incorporado algunas tradiciones brasileñas a las Navidades. Mientras esperaba a que Max llegase a casa, fue a sentarse frente al fuego, con Teddy a sus pies y Sancha fingiendo que leía uno de sus cuentos.

Max entró por la puerta cargado de paquetes y Sancha corrió hacia él, lo mismo que Teddy, y él la miró y sonrió.

–Estás preciosa –le dijo a Tia, porque era verdad.

Se había puesto un vestido negro que se ceñía a sus curvas y llevaba el pelo suelto.

Max pensó que estar casado con ella solo tenía ventajas: hacía unos pasteles deliciosos, tenían a Sancha y un segundo bebé venía en camino, y Tia le contagiaba su alegría de vivir. En ocasiones todavía le costaba creerse que una mujer hubiese podido cambiarlo tanto.

Tia se acercó por fin y le dio un beso, y la niñera se acercó para llevarse a Sancha a merendar.

Tia lo agarró de la mano para llevarlo al piso de arriba.

–Pensé que habías preparado un pastel de Navidad y que íbamos a merendar –comentó él.

–Lo tomaremos después de la cena –le dijo ella–. Y tenemos que ir a la misa del gallo también.

–¿Y después? –le preguntó Max en tono pícaro–. Te quiero, señora Leonelli, aunque me digas hasta la hora a la que me puedo comer el pastel.

–Las normas son para Sancha, tú cómetelo cuando quieras.

–Solo si me dejas que lo lleve a nuestra habitación. Teddy se ocupará de las migas que caigan.

Tia se echó a reír y le dio otro beso. Él la tomó en brazos y se olvidó del pastel.

Y Teddy se ocupó del pastel, que se había quedado encima de la mesa del café.

Tia recibió más diamantes por Navidad.

Y un par de meses después nació un niño al que bautizaron con el nombre de Andrew.